A FEBRE DO AMANHECER

PÉTER GÁRDOS

A febre do amanhecer

Tradução do húngaro
Edith Elek

Copyright © 2015 by Péter Gárdos
Publicado mediante acordo com Libri Kiadó

*Grafia atualizada segundo o Acordo Ortográfico da Língua Portuguesa de 1990,
que entrou em vigor no Brasil em 2009.*

Título original
Hajnali láz

Capa
Claudia Espínola de Carvalho

Foto de capa
alfocome/ Shutterstock

Preparação
Ana Lima Cecilio

Revisão
Carmen T. S. Costa
Angela das Neves

Dados Internacionais de Catalogação na Publicação (CIP)
(Câmara Brasileira do Livro, SP, Brasil)

Gárdos, Péter
   A febre do amanhecer / Péter Gárdos ; tradução Edith Elek. —
1ª ed. — São Paulo : Companhia das Letras, 2017.

   Título original: Hajnali láz
   ISBN 978-85-359-2875-4

   1. Ficção húngara 2. Judeus húngaros – Suécia – Século XX
– Ficção. 3. Sobreviventes do Holocausto – Ficção I. Título.

17-01385   CDD-894.511

Índice para catálogo sistemático:
1. Ficção : Literatura húngara 894.511

[2017]
Todos os direitos desta edição reservados à
EDITORA SCHWARCZ S.A.
Rua Bandeira Paulista, 702, cj. 32
04532-002 — São Paulo — SP
Telefone: (11) 3707-3500
www.blogdacompanhia.com.br
facebook.com/companhiadasletras
instagram.com/companhiadasletras
twitter.com/cialetras

Tu ainda não sabes, irmãozinho, o que arou
Sulcos profundos na testa de uma região do mundo,
Aqui, no Norte, mergulhado na luz das estrelas
Vistes um avião em noite enluarada.

Miklós Gárdos, "Para um menino sueco"

1.

Meu pai chegou à Suécia de navio num dia chuvoso de verão. A guerra terminara havia pouco menos de três semanas. Um vento feroz soprava vindo do norte, o navio balançava entre ondas de dois, três metros de altura no mar Báltico a caminho de Estocolmo. Acomodaram meu pai no pavimento mais baixo. As pessoas se deitavam sobre sacos de palha e buscavam se agarrar às suas camas, com mãos crispadas, durante aquele tormento colossal. Ainda não passara nem uma hora desde a partida quando meu pai começou a se sentir mal. Primeiro tossia e expelia uma espuma de sangue. Virou de lado e começou a estertorar tão alto, que sua agonia encobria o ruído das ondas batendo contra o casco do navio. Como meu pai fazia parte dos pacientes mais graves, ficou na primeira fila, logo ao lado da porta de vaivém. Então dois marinheiros pegaram seu corpo de passarinho e o levaram à cabine vizinha.

O médico não hesitou. Não havia tempo para analgésicos e anestesias. Enfiou uma agulha enorme na caixa torácica do meu pai, entre duas costelas. Com sorte, a seringa chegaria ao lugar certo. O aparelho de sucção chegou enquanto o médico aspirava cerca de meio litro de líquido da pleura. A agulha foi trocada por um tubinho, e com o equipamento retiraram muito rápido mais um litro e meio de secreção.

Meu pai melhorou.

O capitão, avisado do bem-sucedido salvamento, estendeu um agrado ao rapaz. Enrolado em grossos cobertores, meu pai se sentou no convés. Sobre a água cinza-chumbo do mar, juntavam-se nuvens inchadas. O capitão, com uniforme irrepreensível, permaneceu em pé ao lado da espreguiçadeira.

— O senhor fala alemão?

Meu pai fez que sim com a cabeça.

— Parabéns pelo seu resgate.

Em outro momento, um discurso edificante poderia ter começado a partir daí. Mas meu pai não estava a fim de conversa, por isso apenas demonstrou sua intenção em colaborar.

— Estou vivo.

O capitão observou meu pai. A pele cinza esticada sobre o crânio, os olhos maiores por causa das lentes dos óculos, na boca um imenso buraco negro. Nessa época meu pai já não tinha dentes. O que aconteceu exatamente, não sei. Talvez três homens enormes tenham surrado um sujeito magrelo no refúgio antiaéreo até ele virar papa. Talvez um único fio incandescente pendesse do teto. Talvez um dos rapazes, seminu, tenha agarrado um ferro de passar roupa e batido mais de uma vez no rosto do prisioneiro machucado, meu pai. Segundo a versão oficial, lacônica, a maioria de seus dentes foi arrancada na penitenciária da avenida Margit, em 1944.

Mas aqui, agora, ele de fato vivia, respirava, mesmo que fazendo um som de apito, enquanto seus pulmões trabalhavam freneticamente para puxar o ar fresco e salgado do mar.

O capitão deu uma olhada com seu binóculo.

— Vamos atracar por cinco minutos em Malmö.

Meu pai não tinha nada com isso. Além dele havia mais duzentas e vinte e quatro pessoas doentes, em um estado excepcionalmente ruim, sendo transportadas de Lübeck para Estocolmo. Algumas ficariam contentes se o capitão apenas garantisse que chegariam ao porto de destino. Para esses párias, o desvio de alguns minutos em Malmö não somava nem subtraía. O capitão, porém, como se informasse uma autoridade superior, continuou:

— A ordem veio pelo rádio. Essa parada não estava prevista no plano de viagem.

O navio apitou. Por trás do vapor, surgiram as docas do porto de Malmö. Um bando de gaivotas revoava sobre a cabeça de meu pai.

Atracaram bem no final do cais. Dois marinheiros desceram para terra firme e correram em direção ao porto. Nas mãos, cestas vazias como as em que, como lembrava meu pai, lavadeiras carrancudas carregavam a roupa suja para o sótão.

Mulheres de bicicleta esperavam atrás da cancela que fechava o cais. Havia umas cinquenta mulheres. Um bando mudo, imóvel. Em pé, muitas delas tinham lenços pretos na cabeça, enquanto apertavam o guidão das bicicletas. Corvos encolhidos num galho de árvore.

Os dois marinheiros chegaram até a cancela. Só então meu pai notou que, pendurados nos guidões das bicicletas, havia pequenos pacotes. O capitão pôs um braço sobre os ombros de meu pai.

— A ação de um rabino obsessivo. Mandou pôr anúncios nos jornais da manhã. Escreveu que os senhores chegariam nesse navio. E ainda conseguiu providenciar que atracássemos.

Rapidamente as mulheres jogaram seus pacotes dentro das cestas. Uma delas, que estava mais atrás, largou o guidão e a bicicleta tombou. Do navio, meu pai ouviu o ruído metálico da bicicleta caindo sobre o piso quadriculado de basalto, o que pareceria simplesmente impossível daquela distância. Mesmo assim, ele nunca deixou de fora esse som nas inúmeras vezes em que narrou a cena. Depois de recolherem todos os pacotes, os marinheiros refizeram o caminho até o navio do mesmo jeito, correndo. A imagem ficou fixada na mente de meu pai: o improvável cais vazio, marinheiros carregando cestas e atrás, para encerrar, o exército de mulheres de bicicleta, imóveis.

Nos pequenos pacotes havia doces caseiros, assados por mulheres desconhecidas para aquela ocasião, a chegada dos párias à Suécia. Meu pai revirava na boca desdentada a massa, tão macia que desmanchava. Sentiu o gosto de baunilha e de framboesa.

— A Suécia os saúda. — O capitão resmungou ao se retirar para cuidar de seus afazeres, e o navio já se afastava da costa.

Meu pai saboreava o doce. No céu, entre as nuvens, apareceu um avião bimotor desenhando dois círculos de consagração. Devagarinho meu pai começou a sentir que, de fato, estava vivo.

Em 7 de julho de 1945, meu pai já estava na província de Gotland, no hospital de uma aldeiazinha chamada Lärbro, deitado numa enfermaria com dezesseis camas, as costas apoiadas na almofada, escrevendo uma carta. A luz do sol borbulhava em raios dourados pela janela. Entre as camas, enfermeirinhas com blusas crocantes de tão engomadas, toucas brancas e saias de algodão ziguezagueavam esfregando o chão.

A caligrafia de meu pai era linda: letras graciosas, arabescos elegantes, espaço para respiro entre as palavras. Depois de terminar a carta, procurou um envelope, colou-o e o apoiou na jarra cheia de água sobre a mesa de cabeceira. Duas horas depois, uma enfermeira chamada Katrin juntou o envelope com as cartas dos outros doentes e levou tudo ao correio.

Naquela época, meu pai só podia se levantar da cama vez ou outra. Porém, onze dias depois do episódio da carta já podia sentar no corredor do hospital de Lärbro. Numa manhã, ele recebeu uma carta vinda direto do Escritório Sueco de Registro de Refugiados, que trazia o nome e o endereço de cento e dezessete mulheres. Meu pai tinha em mãos o endereço de cento e dezessete jovens, moças e senhoras que tentavam sobreviver nos diferentes hospitais de campanha espalhados pela Suécia. Conseguira de algum modo um caderninho em cujas páginas quadriculadas repassava os nomes todo final de tarde.

Aqui ele já tinha superado havia alguns dias o dramático começo deste texto.

Grudado na parede do aparelho de raio X, meu pai tentava não se mexer. Lindholm, do outro quarto, gritava as instruções para ele. O médico-chefe, de dois metros de altura e pernas muito compridas, falava um húngaro engraçado. As vogais longas pareciam umas com as outras, pronunciava-as como se tentasse encher um balão de gás enquanto falava. O médico-chefe dirigia o hospital havia doze anos e era graças à mulher que arranhava o húngaro com tanta habilidade. Márta, essa mulher de proporções surpreendentemente pequenas — meu pai supunha que ela não poderia ter mais do que um metro e quarenta —, também trabalhava como enfermeira em Lärbro.

— Mantenha o ar dentro de si! Não fique se mexendo!

Um clique, um zumbido — a radiografia estava pronta. Meu pai podia relaxar os ombros.

Lindholm já estava em pé ao seu lado. Olhava compadecido, não diretamente para ele, mas para um ponto qualquer acima de sua cabeça. Meu pai permanecia parado com o tórax afundado e seminu grudado no aparelho, como se nunca mais quisesse se vestir. Seus óculos de fundo de garrafa estavam levemente embaçados.

— Qual é mesmo sua profissão, Miklós?

— Eu fui jornalista. E poeta.

— Ah, um engenheiro da alma. Bonito.

Meu pai passava o peso do corpo de um pé para o outro. Sentia frio.

— Então, vista-se, por que ainda está aí em pé?

Meu pai se arrastou até o canto da sala, vestiu a parte de cima do pijama.

— Tem algum problema?

Lindholm não olhou para ele. Foi em direção ao consultório, fez um sinal para que meu pai o seguisse e resmungou alguma coisa meio ao acaso.

— Problema.

O consultório do doutor dava para o jardim. No meio do verão na ilha de Gotland, o começo da noite era quente e uma luz amarela banhava a paisagem de ângulos inimagináveis. O marrom-escuro dos móveis irradiava segurança e intimidade.

Meu pai estava sentado na poltrona de couro, de pijama. De frente para ele, do outro lado da escrivaninha, Lindholm vestira seu colete. Com o semblante carregado, escarafunchava no meio dos resultados dos exames. Ligou o abajur com cúpula verde sobre o tampo da mesa, embora não fosse necessário.

— Quantos quilos o senhor pesa agora, Miklós?

— Quarenta e sete.

— Está vendo. Estamos caminhando, de vento em popa.

Com essa observação ele pretendia fazer meu pai perceber

que a mudança de peso era resultado do tratamento drástico, capaz de passar de vinte e nove para quarenta e sete quilos em uma semana. Meu pai abotoava e desabotoava o casaco do pijama, muito grande para ele.

— Quanto teve de febre durante a madrugada?

— Trinta e oito ponto dois.

Lindholm jogou os exames sobre a mesa.

— Não vou continuar enrolando. É assim que se diz? Agora já está forte o suficiente para encarar os fatos.

Meu pai sorriu. Quase todos os seus dentes eram próteses. O que se deve saber sobre as próteses é que são uma liga metálica para fins médicos, antiácida, horrível e barata. No dia seguinte à chegada de meu pai a Lärbro, um dentista foi visitá-lo, tirou uma amostra e tomou as devidas providências. Avisou que ele receberia uma dentadura provisória, que seria mais prática do que estética. Depois, vapt-vupt, instalou em sua boca essa fábrica de metal. O sorriso de meu pai podia ser tudo menos enternecedor, mas o médico-chefe se obrigou a encará-lo.

— Serei objetivo. Assim é mais fácil. O senhor tem mais seis meses pela frente, Miklós.

Lindholm tomou uma das radiografias nas mãos e a colocou contra a janela.

— Veja. Incline-se mais para a frente.

Meu pai saltou da cadeira, solícito, e se debruçou sobre a mesa.

Os dedos delicados de Lindholm percorreram a superfície da radiografia.

— Aqui, aqui, aqui e aqui. O senhor enxerga? Tudo isso são afinamentos por causa do tifo. E o senhor vê estas manchas? Isso é tuberculose. Danos remanescentes. E, infelizmente, não há como revertê-los. Terrível dizer uma coisa dessas. Falando em termos comuns, a doença... está devorando o seu pulmão. Existe essa expressão em húngaro: devorar?

Estavam imersos na radiografia.

Meu pai se apoiou levemente na escrivaninha. Ele ainda não estava forte, mas acenou com a cabeça. Indicava que o médico-chefe era bem-sucedido em seu avanço pela língua húngara. "Devorar" era uma expressão bastante precisa para fazer entender o futuro nem tão distante sem usar o vocabulário médico. Meu avô paterno tinha uma livraria em Debrecen antes da guerra. A loja ficava no edifício do Palácio Bispal, escondido sob as arcadas, no centro da cidade, a alguns passos de distância da praça principal. O local era chamado de jardim de Gambrinus, e por isso a loja se chamava Livraria Gambrinus. Consistia de três salas estreitas e altas. O pai de meu pai também vendia material de escritório e o local funcionava como uma biblioteca. Trepado na escada do lugar, meu pai leu durante a adolescência toda a literatura mundial — portanto sabia prezar a expressão poética de Lindholm.

O médico olhou profundamente nos olhos de meu pai.

— O conhecimento médico que temos até agora diz que não é possível te salvar. Haverá períodos melhores. Piores também. Estarei sempre ao seu lado. Mas não quero iludi-lo. Seis meses. No máximo, sete. Sinto um aperto no coração. Mas essa é a verdade.

Meu pai se endireitou. Ainda sorria. Voltou a se jogar na poltrona macia com jovialidade. O médico não tinha certeza se ele havia entendido o diagnóstico, se captara a mensagem.

Ao meu pai, o tempo interessava menos do que outras questões mais importantes, como a sua vida.

2.

Duas semanas depois dessa conversa permitiram que meu pai fizesse pequenos passeios no suntuoso jardim do hospital, e ele sentou num dos bancos sombreados pela copa opulenta de uma imensa árvore. Quase nem olhava para cima. Escrevia suas cartas, uma depois da outra. Escrevia a lápis, com sua caligrafia encantadora. Sentado no banco, apertava as folhas de papel sobre um romance de Martin Andersen Nexö, uma edição sueca de capa dura. Meu pai admirava a visão política de Nexö e a coragem silenciosa de alguns dos personagens operários no romance. Talvez meu pai pensasse que o grande dinamarquês também sofreu de tuberculose e conseguiu se curar. Meu pai escrevia com rapidez. Colocava uma pedra sobre as cartas prontas para não correr o risco de serem levadas pelo vento.

No dia seguinte bateu na sala do médico-chefe. Calculou que desarmaria a sedutora honestidade de Lindholm. Precisava da ajuda do médico.

15

Durante o dia, nesse horário, o médico conversava com seus pacientes sentado em um divã de couro. Acomodou-se em uma ponta, de avental branco, e meu pai, de pijama, na outra. Lindholm, surpreso, revirava aquela abundância de envelopes.

— Não costumamos perguntar a nossos pacientes com quem se correspondem e por quê. Agora também o que me move não é a curiosidade...

— Eu sei. De todo modo gostaria de esclarecer ao senhor.

— O senhor diz, querido Miklós, que aqui há cento e dezessete cartas. O senhor mantém uma ampla correspondência, parabéns — Lindholm levantava os braços, como se quisesse mostrar que estava impressionado com o peso do monte de envelopes. — Vou logo avisar à irmã para que compre os selos. Se tiver qualquer questão financeira, pode contar comigo.

Meu pai, com aparência imodesta, cruzava as pernas sem parar. Sorria com uma leve malícia.

— É tudo mulher.

Lindholm ergueu as sobrancelhas.

— Puxa vida!

— Quer dizer, moças. Moças húngaras. De Debrecen ou de regiões próximas. Eu também nasci lá.

— Entendo. — O médico balançou a cabeça.

Não entendia. Não tinha a menor ideia de qual seria o objetivo de meu pai com esse descarregamento em massa de cartas, mas se mostrou compreensivo, afinal estava dialogando com um condenado à morte.

Meu pai se sentiu livre e continuou.

— Há duas semanas eu me informei sobre quais são as mulheres espalhadas pela Suécia que nasceram em Debrecen ou na região, e que estão sendo tratadas aqui. Até trinta anos de idade!

— Nos acampamentos hospitalares? Ah!

Ambos sabiam que, além do Lärbro, havia mais pelo menos algumas dúzias de centros de reabilitação funcionando no país. Meu pai se sentou ereto. Estava sinceramente orgulhoso de seu plano de ação.

— E nesses lugares há inúmeras mulheres. Moças. Senhoras. Olhe a relação de nomes! — Tirou a lista do bolso do pijama. Corou. Estendeu a lista bem preparada, com marcas de "x", um tique ou pequenos triângulos desenhados ao lado dos nomes.

— Ahá. O senhor procura as conhecidas! Estou de pleno acordo!

— O senhor entendeu mal — explicou meu pai, piscando e sorrindo ao mesmo tempo. — Estou procurando uma esposa. Eu gostaria de me casar.

Finalmente conseguiu dizer. Encostou o corpo no sofá e esperou pela reação.

A testa de Lindholm se toldou com rugas.

— Parece, querido Miklós, que no outro dia não expliquei claramente as coisas.

— Sim, doutor, explicou.

— Parece que minha fala me traiu. Seis meses, mais ou menos. Isso é o que resta. Sabe, Miklós, se um médico expressa uma coisa dessas, é terrível para ele.

— Eu entendo perfeitamente, doutor.

Qualquer resposta seria difícil. Então permaneceram em silêncio nos dois cantos do divã.

Ainda ficaram mais uns cinco minutos sem saber o que fazer, num crescente desconforto. Lindholm pesava internamente se seria seu dever instruir um condenado à morte, se seria seu dever alertá-lo diante das probabilidades para que pesasse a situação com bom senso. Meu pai, por outro lado, refletia sobre se valia a pena introduzir um cientista com tanta experiência na perspectiva de um mundo otimista. Então preferiram deixar um ao outro em paz. Naquela tarde meu pai deitou na cama como a terapia exigia, com as costas encostadas no travesseiro. Eram umas quatro da tarde, a hora da sesta, e os doentes precisavam ficar dentro dos alojamentos. Muitos dormiam, alguns jogavam cartas. Harry tocava o último movimento de uma sonata no violino, repetindo sem parar seu trecho mais ardiloso, com irritante dedicação. Meu pai colou os selos nos cento e dezessete envelopes. Lambia, colava, lambia, colava. Às vezes a boca secava e ele tomava um gole do copo de água do criado-mudo. Ele sentia que a música de Harry era o acompanhamento exato para a sua atividade.

As cento e dezessete cartas poderiam ter sido copiadas com papel-carbono. Elas diferiam umas das outras apenas em um item: no destinatário.

Será que meu pai alguma vez fantasiou sobre o que sentiriam aquelas mulheres quando abrissem o envelope? Quando retirassem a carta e vissem de repente aquelas letras umas depois das outras?

Ah, aquelas mulheres! Encolhidas na beirada de camas hospitalares, em bancos de jardim, nos cantos de corredores cheirando a remédio, em frente a janelas de vidro grosso, em escadas desgastadas mal ficando em pé, sob árvores singelas, na margem de lagos pequeninos, encostadas em frias paredes de azulejos amarelados. Será que ele as imaginava abrindo os envelopes de camisola ou com uniformes branco-acinzentados? Primeiro perturbadas e logo sorridentes, com o coração cada vez mais acelerado, ou apenas surpresas relendo aquelas linhas diversas vezes?

Querida Nora, querida Elizabeth, querida Lili, querida Suzana, querida Sara, querida Serena, querida Agnes, querida Giza, querida Boneca, querida Catarina, querida Judit, querida Gabriela... Provavelmente a senhorita já se acostumou a que se dirijam à senhorita quando a pessoa fala em húngaro — por serem eles também húngaros. Lentamente nos tornamos mal-educados. Eu, por exemplo, escrevi confiante o nome acima por sermos da mesma terra. Não sei se me conhece de Debrecen — eu, enquanto não "fui chamado" pela pátria para trabalhos forçados, trabalhei no jornal Független — e meu pai tinha uma livraria no Palácio Episcopal. Tenho a impressão, pelo nome e pela idade, que a conheço — será que morava no Gambrinus?*

Perdoe-me por escrever a lápis, mas por ordem médica ainda devo ficar de cama por alguns dias.

Entre as cento e dezessete cartas, uma era endereçada a certa Lili Reich, de dezoito anos de idade, no acampamento de Smålandsstenar. Abriu o envelope, que recebera pelo correio em agosto, leu com atenção, e quando viu que o jovem de letra bonita da longínqua Lärbro evidentemente a confundira com alguém, esqueceu na mesma hora o assunto.

Além disso, vivia numa excitação febril naquela época. Junto com duas amigas recentes, Sara Stern e Judit Gold, resolvera acabar com os dias monótonos de lenta recuperação.

Judit Gold era uma moça com cara de cavalo, com pelos escuros sobre a boca estreita e severa. Sara era exatamente o oposto: loira, constituição delicada, ombros estreitos, pernas bem torneadas.

As três amigas idealizaram uma noite húngara a ser apresentada no palco da Casa de Cultura do acampamento.

Todas já tinham estudado música: Lili tocara piano durante oito anos, Sara cantara num coral, Judit, antes da guerra, tomara aulas de dança. Duas outras garotas, Erika Friedmann e Gitta Pláner, se juntaram a elas apenas por entusiasmo. O programa, de menos de trinta minutos, foi planejado na sala do médico, batido à máquina e colado em três lugares diferentes. As rangentes cadeiras de madeira da Casa de Cultura foram tomadas pelos interessados. A maioria dos que ali estavam eram doentes em reabilitação, mas também vieram alguns curiosos da cidadezinha mais próxima, Smålandsstenar.

O espetáculo obteve sucesso retumbante. No último número, depois de uma dança húngara, um *csárdás*, cheia de entusiasmo, os assistentes aplaudiram de pé e repetidas vezes pediram bis para as cinco moças ruborizadas. Mas logo que correram para trás do palco, Lili sentiu de repente uma dor intensa no abdômen. Se encolheu, apertou com as mãos a barriga, e percebeu que gemia baixinho. Deitou no chão. Sua testa foi inundada por um suor intenso.

Sara, sua amiga de maior confiança, se agachou ao seu lado.

— Lili, o que foi?

— Está doendo demais...

Por um curto espaço de tempo, ela perdeu os sentidos. Não se lembrava de como tinha ido parar na ambulância, apenas que o rosto pálido de Sara se debruçava sobre o seu, que ela até tinha gritado alguma coisa, embora não tivesse escutado nada.

No futuro ela pensará bastante sobre esse evento, de que talvez jamais tivesse conhecido meu pai se não fosse por essa crise renal; se a imensa ambulância branca não a transportasse para o pronto-socorro do hospital militar; se na primeira visita Judit Gold não levasse consigo, junto com sua escova de dentes e seu diário, a carta que ela recebera daquele rapaz de Lärbro; se, nessa mesma visita, Judit Gold não a convencesse de que, apesar da falta de sentido, deveria responder com algumas frases ao jovem simpático, se não por outro motivo, por um gesto de solidariedade; seria aqui que a história teria acabado.

Assim, em uma daquelas noites intermináveis no hospital, sentada ao lado de um elevador antigo cuja porta rangia de modo ofensivo aos seus ouvidos e de um corredor de onde vinha um som de uma balbúrdia paralisante, Lili Reich procurou uma folha de papel e, após uma pequena reflexão, começou a escrever à luz pálida da lâmpada sobre a cama.

Querido Miklós!
Provavelmente não sou a pessoa que pensa, pois, embora tenha nascido em Debrecen, fui morar em Budapeste com um ano. Apesar disso, pensei muito no senhor, pois sua carta é tão simpática que continuo a troca de correspondência com prazer...

Isso era verdade apenas em parte. Agora que estava presa a uma cama por causa de uma nova doença, tecia devaneios talvez por medo, como uma fuga ou apenas por tédio.

De mim, só digo que não tenho grande admiração por calças com vinco bem passadas ou por um penteado bem-feito, é o valor interior que me seduz.

Meu pai ficou um pouco mais forte. Pelo menos a ponto de poder passear com Harry na cidadezinha. Os moradores dos acampamentos de toda a Suécia recebiam uma semanada de cinco coroas. Em Lärbro havia duas confeitarias, uma com mesas de mármore, como nos tempos de paz na Hungria. Encontraram

Kristin, uma cabeleireira sueca bochechuda, no caminho e pediram que se juntasse a eles. Estavam agora sentados, os três, em volta da mesa redonda de mármore. Kristin comeu com gosto uma torta de maçã usando um garfo e diante dos dois rapazes havia uma água com gás. A conversa se desenrolou em alemão, os húngaros ainda estavam conhecendo a melodiosa língua sueca.

No bigodinho loiro de Kristin balançava um resto de açúcar de confeiteiro.

— Os senhores são rapazes muito gentis. Onde nasceram exatamente?

Meu pai estufou o peito com orgulho.

— Hajdúnánás — ele encheu a boca, como se tivesse dito uma palavra mágica.

— Eu em Sajószentpéter.

Kristin experimentou o impossível. Repetiu o que ouviu. Virou um gaguejo, disforme, desorganizado. Hajdü...nana... Sajü sent... peter...

Riram. Kristin beliscava a torta de maçã. Um curto silêncio tomou conta, o tempo necessário para um ataque hussardo. Nisso Harry era um grande mestre.

— O que disse Adão a Eva na primeira vez que se encontraram?

Kristin esqueceu até de mastigar, de tanto que queria decifrar a pergunta. Harry esperou um pouco e deu um salto. Com gestos de mímica mostrou que ele estava nu, como veio ao mundo.

— Senhorita, por favor, fique um pouco mais longe de mim porque não sei até que ponto cresce esta coisa! — Harry apontou para baixo, em direção à braguilha.

Kristin não entendeu na hora, mas logo corou. Meu pai ficou envergonhado, preferiu tomar um gole de sua água.

Harry tomou impulso.

— Tem uma outra. A madame pergunta à nova empregada:

"Suas recomendações são boas?". Ela balança a cabeça: "Sim, minha senhora, em todo lugar ficaram satisfeitos comigo". "Sabe cozinhar?" A empregada balança a cabeça. "Gosta de crianças?" A empregada balança a cabeça: "Gosto, mas seria melhor se o seu marido se cuidasse".

Kristin deu risadinhas. Então Harry pegou a mão dela e sapecou-lhe um beijo ardente. Kristin primeiro puxou a mão, mas, como Harry a segurava com firmeza, decidiu não lutar contra. Meu pai olhou para o outro lado. Tomou outro gole.

Kristin alisou a saia e levantou.

— Agora eu vou ao banheiro. — Com isso atravessou o recinto com graça.

Harry imediatamente voltou a falar em húngaro.

— Ela mora aqui. Duas quadras.

— Como você sabe?

— Ela disse. Você não presta atenção?

— Ela gosta de você.

— De você também.

Meu pai olhou sério para Harry.

— Não me interessa.

— Há séculos que você não senta num café. Há séculos que você não vê uma mulher nua.

— E como isso vem ao caso?

— Finalmente nos deixaram sair. Precisamos começar a viver!

Kristin voltava com um andar excitante. Harry cochichou em húngaro para meu pai:

— O que você acha de um sanduíche?

— Que tipo de sanduíche?

— Nós dois e ela. No meio, Kristin.

— Me deixe fora disso.

Harry passou para o alemão sem respirar enquanto por baixo da mesa acariciava o tornozelo da moça de modo imperceptível.

— O que estava conversando com Miklós, doce Kristin, é que eu definitivamente estou caído pela senhorita. Posso ter esperanças?

Kristin colocou o indicador sobre a boca de Harry, coquete.

O minúsculo apartamento alugado de Kristin ficava na Nysvägenen, no terceiro andar, e pela janela entrava o barulho do fraco movimento da rua. A moça sentou na cama para que Harry a alcançasse com facilidade. Como primeira prova, ela estabeleceu que ele deveria costurar seu sutiã, que tinha um rasgo na parte de trás. Claro, sem que ela tirasse a peça. Kristin conferia a execução por um espelho à sua frente.

— Acabou?

— Quase. Seria mais fácil se você tirasse.

— Nem me passa pela cabeça.

— É uma tortura.

— O propósito é esse. Que você sofra. Que você se contenha, que execute uma tarefa doméstica — riu a moça.

Harry finalmente terminou, cortou a linha com os dentes.

Kristin deu um salto, parou na frente do espelho e se virou, estalando o elástico da alça do sutiã. Harry a admirava cada vez mais ruborizado. Depois, abraçou a moça e, desajeitado, abriu o sutiã. Sussurrou com a voz rouca:

— Cozinho, lavo, faço faxina. Minha capacidade de trabalho é imensa.

Como resposta Kristin o beijou.

Uma hora depois, quando Harry voltou à confeitaria, encontrou meu pai no mesmo lugar. Nem levantou os olhos quando Harry desabou a seu lado. A carta, que escrevia sobre a mesa de mármore, já estava quase pronta. A ponta do lápis deslizava sobre o papel. Harry deu um suspiro profundo. Estava imensamente amargurado. Meu pai demorou para levantar a cabeça. Não se surpreendeu ao ver o olhar de desapontamento de Harry.

— Você não está mais apaixonado?

Harry sorveu o resto de água do copo de meu pai.

— Estou um trapo, não apaixonado.

— Vocês romperam?

— Ela me fez costurar o sutiã. Depois eu a despi. Sua pele é tão firme!

— Então está bem. Agora não me incomode. Tenho que terminar esta carta. — Meu pai já voltava sua atenção ao papel.

Harry observava com inveja como meu pai era capaz de apertar um botão e se desligar do resto do mundo. Como se ele não estivesse lá. Depois murmurou:

— Eu não estava firme... não vai. Simplesmente não vai.

Meu pai só escrevia, como um louco.

— O que não vai?

— Eu, que já fui capaz de fazer cinco vezes num dia, que já pendurei um balde de água e andei de lá pra cá assim...

Meu pai ficou pensativo em um momento conveniente da escrita. Finalmente demonstrou interesse.

— Você pendurou no quê?

— Agora... pende como um molusco entre minhas pernas. Branco, mole, sem esperança.

Meu pai finalmente encontrou a palavra que procurava. Era óbvio que sorria por dentro. Escreveu-a e se tranquilizou. Agora podia ajudar a tranquilizar Harry.

— Isso é normal. Sem sentimentos não vai.

Harry mordia um canto da boca com raiva. De repente virou o papel em sua direção e começou a ler. "Querida Lili! Tenho vinte e cinco anos..." Meu pai segurou a carta e Harry tentou arrancá-la de debaixo de sua mão. Lutaram um pouco, mas meu pai foi mais ágil e enfiou a carta no bolso da calça.

Querida Lili! Tenho vinte e cinco anos, fui jornalista até que a primeira legislação sobre judeus me expulsou de meu emprego...

Meu pai flertava com a licença poética. A verdade é que ele foi jornalista por oito dias e meio. O jornal *Független*, de Debrecen, o contratara numa segunda-feira, mais como office-boy de reportagens policiais do que como jornalista. Isso na pior época possível. Na semana seguinte, anunciaram que israelitas estavam proibidos em determinadas profissões, o que, por fim, decidiu a carreira bem encaminhada do meu pai no jornalismo. Porém, os oito dias e meio de experiência se incorporaram para sempre em sua autobiografia.

É claro que não deve ter sido fácil para um rapaz de dezenove anos lidar com aquela reviravolta. Num dia ele tinha um lápis atrás da orelha e no outro estava gritando, pendurado na carroça de entrega de água, "Água com gás! Aqui temos água com gás!". Os cavalinhos trotavam e o vento uivava em seu ouvido.

... depois fui ajudante de vendedor de água com gás, operário da indústria têxtil, fiscal em um escritório de autenticação de crédito, funcionário público, comerciante de anúncios e algumas outras profissões tão boas quanto até 1941, quando me convocaram para trabalhos forçados. Na primeira oportunidade, fugi para o lado russo. Lavei pratos durante um mês em um grande restaurante de Tchernivtsi, depois em Bucovina me tornei membro de um grupo internacional de guerrilheiros...

Os oito desertores húngaros foram treinados como espiões pelo Exército Vermelho, num curso rápido, e jogados no território inimigo. Vendo hoje, fica óbvio que os russos não confiavam neles. A história mostra que os soviéticos não confiavam em ninguém. Mas como esses fugitivos húngaros estavam lá, decidiram colocá-los em combate.

Imagino meu pai carregando uma mochila imensa, bufando ao se agarrar na porta do avião. Olha para baixo. Vê apenas um abismo profundo, nuvens, um enorme descampado. Meu pai sofre de vertigem, fica tonto, vira e vomita. Mãos brutas o pegam por trás e o empurram para o nada.

O fato é que naquela madrugada, em algum lugar em Oradea, soldados os esperavam com metralhadoras num bosque aberto. Quando o grupo de paraquedistas estava a alguns metros do chão, lançaram algumas rajadas de balas como se fosse tiro ao alvo.

Meu pai teve sorte. Ele foi o único não atingido no tiroteio. Mas assim que tocou o chão, pularam em cima dele e o algemaram. Ainda naquela noite o levaram para Budapeste, onde em meia hora o livraram de duas dúzias de dentes.

Em Lärbro, na confeitaria, Harry olha para meu pai com inveja.

— Quantas responderam?

— Dezoito.

— E agora você vai trocar cartas com as dezoito?

Meu pai cutucou o bolso no qual escondera a carta.

— Ela é a verdadeira.

— Como você sabe?

— Apenas sei.

3.

Puseram Lili em uma enfermaria para quatro pessoas num hospital de Eksjö. Era fim de setembro, e pela janela via-se uma bétula solitária que já tinha perdido todas suas folhas, preparava-se para o inverno.

A calvície do médico-chefe Svensson começara muito cedo. Estava na melhor idade para um homem, mas sua pele cor-de--rosa, que lembrava o bumbum de um bebê, brilhava sob o cabelo incolor. Era baixo, atarracado, tinha mãos de criança, a unha do polegar pequena, como uma minúscula pétala de flor de cerejeira.

Ele tirou o avental de proteção de couro e metal e passou para a outra sala, de raio X. Ao lado da máquina, acomodaram uma única cadeira. Lili estava sentada, pálida e assustada, com a roupa hospitalar listada já desbotada.

Svensson se acocorou a seu lado e tocou em sua mão. Sem dúvida era um alento que a menina húngara falasse um alemão excelente. As nuances nesse ponto contavam muito.

— Analisei a chapa que tiramos no outro dia. A de agora só

ficará pronta amanhã. Havíamos suspeitado de escarlatina, mas isso já eliminamos.

— É algo pior?

Lili sussurrava, como se estivessem sentados no auditório de um teatro.

— De certo ponto de vista, é pior. Não é uma infecção. Mas não há por que se angustiar.

— O que eu tenho?

— Aquele seu rim malvado está fazendo travessuras. Mas eu vou curá-la. Eu prometi para a senhorita.

Lili não aguentava mais e de repente começou a chorar. O dr. Svensson pegou sua mão.

— Não chore, menina. Por favor. Você precisa ficar de repouso de novo. Dessa vez com mais rigor.

— Até quando?

— Por enquanto, duas semanas. Ou três. Depois veremos.

O doutor puxou do bolso o lenço. A jovem assoou o nariz e limpou as lágrimas do rosto...

Não tenho nenhuma foto minha... há alguns dias voltei para o hospital, agora estou de repouso em Eksjö.

Eu odeio dançar com todas as minhas forças, mas gosto de me divertir e de repolho recheado (claro que com um denso molho de tomate).

Quanto à dança, meu pai desde bem cedo tinha problema com isso, algo que foi preservado nas lendas familiares.

Parece que, quando tinha nove anos, molharam o seu cabelo, enfiaram-no num terno e o carregaram ao Hotel Arany Bika. Seus olhos já não eram bons, e por isso usava óculos grossos, que distorciam a visão e o enfeavam.

Em certo momento do baile o empurraram junto de uma menina para o centro de uma roda de mulheres. Elas pulavam e batiam palmas de modo selvagem, incentivando as duas crianças, que apenas sapateavam e giravam. A menina, que a memória gravou com o nome de Melinda, foi a primeira a ceder. Foi levada pela onda fervilhante de bom humor, agarrou o braço do menino e começou a rodar. Meu pai escorregou na mesma hora no piso de madeira recém-encerado. Parecendo um sapo, assistiu até o fim Melinda colher os louros do sucesso.

Meu pai e Harry voltavam com pressa para o acampamento na Korsbyvägenen. Agora já soprava um vento forte, que exigiu que meu pai levantasse a gola do leve casaco. Harry parou de repente e agarrou seu braço.

— Pergunte a ela se tem uma amiga!

— Depois. Mais tarde. Ainda estamos muito no começo.

Nesse dia os rapazes ficaram endiabrados. Reviraram a tenda, juntaram as duas camas, pediram emprestada uma guitarra e descobriram que o Jenö Grieger sabia tocar razoavelmente bem os últimos sucessos musicais.

A dança começou. Primeiro, danças de salão despreocupadas, mas logo foram tomados por um desejo de se exibir. Sem que tivessem distribuído papéis ou combinado qualquer coisa, enfiaram-se na pele de diversos personagens e foram surgindo, ousados, valentes hussardos e mulherezinhas levianas, que imitavam brincalhões. Batiam com os calcanhares, faziam reverências, sussurravam no ouvido, choramingavam. Raivosos, eles giravam, rodopiavam, como se todos os instintos reprimidos durante meses tivessem explodido de uma vez, quase como um vulcão.

Meu pai não tomou parte dessa brincadeira infantil. Sozinho, como num protesto silencioso, se enfurnou na cama, que foi empurrada para um canto e em torno da qual montaram uma barricada com as outras camas. De costas para a parede, seu bloco de anotações preferido sobre os joelhos, começou a escrever.

Não disse nada sobre sua aparência! Agora, naturalmente, o senhor vai pensar que sou uma moça do campo que virou janota na grande cidade e só se importa com essas coisas. Conto-lhe um segredo: não.

Bateram na porta. Lili nem levantou a cabeça, estava lendo *O capitão de quinze anos*, um romance de Júlio Verne, num exemplar em alemão gasto, com o qual o doutor Svensson a presenteara no primeiro dia.

Sara Stern estava parada na porta com uma trouxa de roupa. Lili ficou apenas olhando. Sara correu até a cama, ajoelhou e se abraçaram. *O capitão de quinze anos* caiu no chão.

— Svensson me internou! Aqui com você! Mas eu não tenho nada!

Sara girou, como uma bailarina. Em alguns minutos tirou a roupa, pegou a camisola e escorregou para dentro da cama ao lado da de Lili.

Lili só ria, ria, como quem perdera o juízo.

Agora vou tentar me descrever enquanto não consigo uma foto. Sobre o meu corpo, acho que sou encorpada (graças aos suecos), de altura mediana e tenho cabelos castanho-escuros. Meus olhos são azul-acinzentados, minha boca é estreita, meu rosto é moreno. Pode me imaginar bonita e também feia; de minha parte, não acrescentarei nenhum comentário. Eu também tenho uma imagem mental do senhor, estou curiosa para saber o quanto a realidade vai bater com ela.

Lindholm conseguiu organizar um passeio com os pacientes para o domingo, quando três ônibus os levariam para a praia que ficava a vinte quilômetros.

Meu pai e Harry se separaram do grupo e rapidamente chegaram a um lugar mais ermo, uma baía formada pela areia, onde poderiam ficar sozinhos. Era uma tarde maravilhosa, um presente: o céu, como uma lona azul-cobalto esticada sobre as suas cabeças. Tiraram os sapatos, passearam extasiados com a água lambendo seus calcanhares.

Mais tarde, Harry desapareceu atrás de uma rocha. Meu pai fingiu que não viu. Harry havia adquirido recentemente o hábito de se esconder para testar sua masculinidade. O final da tarde já desenhava sombras alongadas. A figura masculina atrás da rocha, que obstinado tentava proporcionar prazer a si mesmo, se projetava sobre a areia como um desenho de Egon Schiele. Meu pai se esforçava para se concentrar nas ondas e no horizonte dourado infinito.

Agora estou curioso sobre suas ideias a respeito do socialismo. A senhorita, conforme percebo pelos negócios de sua família, é da classe média, assim como eu era até ter me deparado com o marxismo. E a classe média pensa coisas muito estranhas sobre isso tudo...

Em Eksjö o outono chegou mais cedo. Veio de noite, com inesperada rapidez, trazendo uma chuva cor de chumbo, compacta, e um vento que zunia. Na enfermaria, as duas jovens assustadas olhavam a árvore solitária além da janela, o modo como se encurvava na tempestade.

A distância entre as duas camas era tão pequena que podiam se dar as mãos, estendendo-as um pouco sob o acolchoado, e se agarrando uma na outra. Sussurravam.

— Se eu tivesse doze coroas!

— E então, se você tivesse?

Lili fechou os olhos.

— Na esquina da rua Nefelejcs tinha um verdureiro: mamãe sempre me mandava buscar frutas...

— Senhor Ursinho! Esse era o nome do verdureiro!

— Não me lembro disso.

— Sim! Chamava-se senhor Ursinho! Eu, em especial, o chamava de Urso. Como você se lembrou disso?

— Assim. No mês passado, em Smålandsstenar, quando eu ainda estava bem, vi uma travessa de pimentões verdes numa vitrine...

— Olha! Eu pensava que aqui não tinha pimentão verde.

— Eu também pensava. Custava doze coroas. Acho que o quilo. Seria meio quilo?

— Você ficou com desejo.

— É bobagem, eu sei. Ontem sonhei com esse pimentão. Eu dava uma mordida nele. Estalava nos dentes. Sonhei com essa bobagem.

A chuva jorrava, batia na janela. As duas jovens olhavam indolentes.

A minha amiga Sara me conta bastante sobre o socialismo. Confesso, até agora não me ocupei com conceitos. Ganhei um livro de Sara, estou lendo justamente agora. O título: Confissões de Moscou. *O senhor com certeza já o leu há tempos...*

Numa madrugada, meu pai começou a sufocar de novo. Não teve tempo para gritar. Parou no meio da tenda, seu corpo enrijeceu, e com a boca escancarada tentou roubar oxigênio do ar. Depois, desmoronou no chão. Dessa vez retiraram dois litros de líquido de seu tórax.

Acomodaram-no num quarto minúsculo para que completasse a noite lá. Harry deitou no chão, do lado de sua cama, para avisar Lindholm imediatamente se meu pai tivesse outro ataque. O médico-chefe tentava acalmá-lo em vão, dizendo que por um bom tempo não era esperada uma crise aguda.

— O que aconteceu?

A voz de meu pai estava tão branda quanto o bater de asas de um pássaro ferido.

— Você desmaiou. Aspiraram o líquido. Está num quarto ao lado da sala cirúrgica.

O piso de madeira comprimia a lateral de Harry. Preferiu sentar com as pernas cruzadas. Meu pai ficou um tempo em silêncio, depois disse com voz trêmula:

— Ei, Harry. Então vou desenvolver guelras. Não vão me tirar do jogo.

— Quem?

— Qualquer um. Ninguém sabe como eu sou obstinado.

— Eu invejo você. Por ser tão forte.

— Você também vai ficar bem. Eu sei. Seu molusco vai virar um pinheiro e atingir o céu. E depois disso não para mais.

Harry balançava para a frente e para trás. A última frase de meu pai o fez refletir.

— Você acha?

— No fio da espada, mocinhas, no fio da espada! — meu pai o encorajava, tentando sorrir. Enquanto isso, a única coisa que passava pela cabeça de meu pai era o que havia escrito para Lili:

Agora, faço uma pergunta muito estranha: como estamos em relação ao amor? No fim, ainda ficará zangada comigo por ser tão indiscreto!...

* * *

Numa tarde, Sara fugiu do hospital militar e, apesar da chuva bem pouco amigável, correu até a Cidade Velha: um acampamento encantador de primeiros socorros sobrara depois da guerra na parte antiga da cidade. Soube por uma das enfermeiras em que rua encontraria o melhor verdureiro. Como se a sorte a premiasse, na vitrine da loja nem havia outra coisa, apenas uma cesta e dentro dela alguns pimentões graúdos, de polpa suculenta, verde-esmeralda.

Ainda estava ofegante, portanto inspirou forte quatro ou cinco vezes, para que seu batimento cardíaco se aproximasse do normal. Entrou na quitanda depois de ter se certificado, apalpando os bolsos, de que as moedas estavam lá.

À sua pergunta "estranha" a resposta é bastante simples: eu também tive namorados. Eu sei que o senhor agora só está interessado em saber se foram mais ou apenas UM. Pois adivinhe!...

Harry era o rapaz mais bonito do serviço de guarda das barracas. Fingia ser muito seguro de si, sedutor, e sorria com ar de mistério para as moças como quem tivesse rompido uma dúzia de corações. Sobre aquele pequeno contratempo, naturalmente, ninguém mais sabia além de meu pai.

Um dia, alguém encontrou um frasco de água de colônia que Harry guardava com tanto carinho. Ninguém sabia onde ele o tinha conseguido. Às vezes, quando saía para a cidade, o penetrante cheiro de lavanda se espalhava pela barraca. Então alguém notou que ele enfiava algo sob o colchão — exatamente o precioso vidrinho.

Uma noite, quando Harry se preparava para sair à caça, apalpou o esconderijo e não encontrou nada. Logo o frasco começou a voar de um lado para o outro. Harry corria tentando recuperá--lo. Os rapazes esperavam que ele chegasse bem perto para jogar o frasco acima de sua cabeça. Quando cansaram da brincadeira, abriram o vidro e aplicaram quantias generosas em cada um. Harry chorava, implorava para que devolvessem a colônia, que tinha comprado com dinheiro emprestado.

Um povo terrível mora no nosso quarto, por isso minhas cartas, como a senhorita pode notar, são uma bagunça — húngaros! —, o caos é tanto que nem se pode escrever! Um deles regou a todos com a água de colônia do Don Juan do quarto, respingou até na minha carta. De todo modo, somos tão bem-humorados que chega a ser perigoso.

Opa, pensei agora nisto: como irão nos divertir se formos até aí?

Quando Sara voltou de seu passeio à Cidade Antiga, Lili dormia. Não era incomum que os pacientes, sem nada a fazer e com comida farta, adormecessem durante o dia.

Dessa vez Sara decididamente ficou feliz com isso. Colocou com cuidado os dois pimentões ao lado do rosto de Lili, sobre o travesseiro.

... a sugestão de que o senhor, querido Miklós, e o seu amigo nos visitariam nos deixou animadas...

Harry e meu pai muitas vezes percorriam juntos com um zelo admirável o caminho do imenso jardim do acampamento. Agora que a viagem a Eksjö se aproximava, Harry estava animado e colocou na cabeça que conquistaria uma das correspondentes de meu pai ou convenceria o amigo a levá-lo na visita.

— São quantos quilômetros exatamente? — perguntou com ar importante.

— Duzentos e setenta.

— Dois dias pra ir, dois dias pra voltar. Não vão permitir.

Meu pai apressou o passo sem olhar para ele.

— Vão.

Harry sentiu que era importante descartar qualquer dúvida em torno de sua masculinidade.

— Estou cada vez mais em forma. De manhã acordo com um bastão assim!

Com as mãos mostrava o tamanho pelo prazer do impacto, mas meu pai não reagiu.

De todo modo, não esqueçam que eu serei seu primo e Harry, tio de sua amiga. Contudo, já aviso que na estação, isso mesmo, já na estação, trocaremos beijos como parentes. Precisamos manter as aparências!

Envio-lhe um aperto de mão amigável e um beijo do seu primo, Miklós.

Em uma rara manhã ensolarada no Eksjö, a porta abriu e lá estava Judit Gold, toda arredondada e com seu bigode, dando risadinhas. Largou a trouxa de roupa que trazia no colo no chão e abriu os braços.

— Svensson me internou também! Anemia perniciosa. Podemos ficar juntas!

Sara voou na direção de Judit e as duas se abraçaram. Lili também se arrastou para fora da cama, embora isso fosse terminantemente proibido. Abraçadas, começaram a dançar na frente da janela e depois sentaram na cama de Lili. Judit Gold segurou a mão de Lili entre as suas.

— Ele ainda escreve pra você?

Lili fez uma pausa. Nos últimos tempos estava fazendo pausas de efeito. Levantou de modo teatral, devagar, parou junto à mesa de cabeceira, abriu a gaveta. Retirou dali um maço de cartas presas com um elástico e levantou-as no ar.

— Oito!

Judit Gold aplaudiu.

— Um homem aplicado.

Sara deu tapinhas nos joelhos de Judit Gold.

— E se você soubesse como é inteligente! E é socialista!

Isso já era demais. Judit Gold fez uma careta.

— Xiii. Odeio socialistas.

— Lili não odeia.

Judit Gold tirou as cartas da mão de Lili e sentiu seu cheiro.

— Tem certeza de que não é casado?

Lili ficou chateada. Por que ela as cheirava?

— Certeza absoluta.

— Seria bom achar um jeito de se certificar. Eu já me queimei muitas vezes.

Judit Gold era pelo menos dez anos mais velha. Não era uma figura muito atraente, mas isso não impediu que tivesse experiências. Lili tomou as cartas da mão dela, arrancou o elástico e pegou a que estava por cima.

— Ele diz: "Envio rápido uma boa notícia: já é possível escrever para a Hungria! É verdade que só em inglês e cartas curtas. Os papéis que devem ser usados estão no consulado ou na Svenska Röda Korset, Stockholm 14. São permitidas vinte e cinco palavras". Que tal?

Essa era de fato uma notícia a se comemorar, as três refletiram.

Lili voltou a se deitar, pôs as cartas sobre a barriga. Observava o teto.

— Não tenho notícias de minha mãe. Nem de meu pai. Não gosto de pensar nisso. Vocês não têm medo?

As meninas evitaram se olhar.

Naquele dia nublado, quando o outono penetrou também na ilha de Gotland, Lindholm mandou reunir todos os moradores das barracas ao meio-dia. Em estilo telegráfico, comunicou a todos que uma significativa mudança ocorreria. A boa notícia era que já nenhum deles tinha uma doença contagiosa. A outra notícia era que os pacientes húngaros do hospital mudariam na manhã seguinte de Lärbro para uma pequena cidade chamada Avesta, no norte da Suécia, onde outro acampamento hospitalar estava sendo montado. O médico-chefe Lindholm viajaria com eles.

Durante um dia e meio andaram aos solavancos em estradas de ferro monótonas, com trens que bufaram até chegar em Avesta. À primeira vista, o novo acampamento parecia um lugar amaldiçoado. Instalado no meio de uma floresta densa, a sete quilômetros da cidade, era cercado com arame e do centro erguia-se uma imensa chaminé de fábrica.

Foram alojados em casas de tijolos. Talvez tivessem aceitado melhor a mudança se o tempo, tão mais inclemente, não devastasse os ânimos daquela maneira. Em Avesta, o vento soprava constantemente, o gelo fino encobria tudo e o disco solar da cor de uma laranja madura só espiava o mundo por alguns minutos por dia.

Em frente às janelas, abria-se uma pracinha, na qual a grama e o mato há anos desafiavam a base de concreto. O pequeno jardim sem dúvida tinha certo encanto utópico. Havia uma me-

39

sa comprida de madeira e bancos, como num lugarejo no campo. De noite, os doentes em melhor estado sentavam-se ali, protegidos por mantas ou enrolados em cobertores.

Lindholm conseguiu que recebessem jornais húngaros, umas três vezes por semana e com uns vinte dias de atraso. Os homens rasgavam em quatro aquele papel grosseiro, mal impresso, e liam em grupos, uns por cima dos outros, soletrando as letras. A lâmpada sobre as suas cabeças dançava com o vento. De tempos em tempos, trocavam as páginas na luz pálida. As bocas se mexiam sem som, as almas voavam para paisagens longínquas.

O BARCO A VAPOR RECÉM-CONSTRUÍDO
DE 250 CV PARTE PARA SUA PRIMEIRA VIAGEM

GERASSIMOV, PINTOR SOVIÉTICO, SERÁ HOMENAGEADO
NO HOTEL GELLÉRT

A CIDADE DE KECSKEMÉT RECEBE TREZENTOS
PARES DE BOIS DO EXÉRCITO RUSSO

UMA CORRIDA DE CICLISMO ACONTECE EM SZEGED

COMEÇAM AS FILMAGENS DE *A PROFESSORA*

Imagine, conseguimos um número da Kossuth Népe de agosto! Lemos até os anúncios. Os teatros estão todos lotados. Um jornal de quatro páginas custa dois pengö, um quilo de farinha, catorze. O Tribunal Popular condena os participantes da Polícia Especial Nazista, um depois do outro! As ruas têm novos nomes.

A praça Mussolini: praça Marx. O país todo está otimista, querem trabalhar. Os professores têm que frequentar cursos de reeducação. A primeira palestra foi dada por Mátyás Rákosi. Mas a senhorita já deve estar entediada de tanta política…

A minúscula sala de raio X não era diferente da de Lärbro. Talvez apenas no fato de que aqui havia uma rachadura fina como teia de aranha ao longo do teto, à qual meu pai atribuiu um simbolismo e teceu vagas esperanças.

Nessa sala em Avesta foram feitas novas imagens de meu pai. Aqui também muitas vezes ele apertava o tórax côncavo e os ombros estreitos contra a superfície do aparelho, até que a chapa ficasse pronta. Aqui também o som fino de um apito sinalizava o fim do exame, e meu pai repetia o gesto de levar as mãos aos olhos ao final do procedimento quando a porta aberta deixava de repente a luz entrar. Aqui também era Lindholm quem o esperava, com o avental de couro de proteção.

A análise das radiografias acontecia no dia seguinte. Meu pai entrava na sala de Lindholm e sempre sentava na mesma cadeira, que ficava de frente para a escrivaninha. Logo apoiava o corpo para trás de modo que as duas pernas da frente da cadeira ficassem no ar. Meu pai deve ter adquirido esse hábito irritante em Avesta. Fez uma promessa de sempre balançar a cadeira assim quando estivesse numa situação extremamente importante em sua vida. Empurraria o peso do corpo para trás, e se equilibraria nas duas pernas de trás da cadeira, como uma criança travessa. Enquanto fazia isso, se concentrava com intensidade.

Lindholm olhou meu pai nos olhos.

— A chapa saiu boa. Tem bom contraste.

— Alguma mudança?

— Não posso encorajá-lo.

Puff. Meu pai pôs a cadeira de volta na posição correta.

— Desista da viagem. Estamos muito longe de Eksjö. Nem sei quanto tempo leva para chegar lá.

— Só preciso de três dias.

— O senhor tem uma febre persistente durante a madrugada. Não há milagre.

— Não se trata de mim. Minha prima está muito sozinha e deprimida. Eu sou tudo para ela.

Lindholm olhava para meu pai reflexivo.

Ele já estava acomodado no novo lugar com a mulher. Decidiu convidar meu pai à sua casa. Talvez durante um jantar de família e amigável, ele conseguisse dissuadir esse jovem agradável e cabeça-dura da sua obsessão.

A casa dos Lindholm ficava ao lado da estrada de ferro. De tempos em tempos passava uma composição ruidosa embaixo da janela. Meu pai pediu um paletó e uma gravata emprestados, mas sentia-se desconfortável com essa roupa pouco usual. A conversa também começou com ruídos, apesar de meu pai já se dar bem naquela época com Márta, a mulher do médico, que em Avesta era a chefe de enfermagem. Márta serviu repolho recheado. Lindholm enfiou o guardanapo no colarinho.

— Márta cozinhou esse prato só para agradá-lo. Sei que é uma especialidade húngara.

Um comboio de subúrbio passou rapidamente embaixo da janela.

— Um dos meus preferidos — respondeu meu pai, e depois se fez novo silêncio. Em seguida cortou um pedaço do pão e recolheu as migalhas com cuidado. Márta bateu em sua mão.

— Se não parar de limpar, vou mandá-lo lavar a louça!

Meu pai corou. Ficaram um tempo assoprando o repolho escaldante em silêncio.

Meu pai tossiu de leve.

— O doutor fala húngaro incrivelmente bem.

— Nisso eu venci. Em todos os outros assuntos, Erik é o chefe.

Márta sorriu para Lindholm.

Continuaram a comer. O molho engordurado do repolho começou a escorrer pelo canto da boca de meu pai. Márta estendeu um guardanapo para ele. Meu pai, envergonhado, limpou o rosto por muito tempo.

— Posso perguntar como se conheceram?

Márta, que mal atingia a mesa sentada, passou o braço entre os copos e pôs a mão sobre o braço de Lindholm:

— Posso contar?

Lindholm acenou a cabeça em sinal positivo.

— Foi exatamente há dez anos. Uma delegação de médicos suecos visitou o Hospital Rókus de Budapeste. Eu era enfermeira-chefe lá...

Márta narrou de um fôlego só, mas de repente parou. Lindholm bebeu um gole de vinho. Não a ajudou.

— Desde minha adolescência todo mundo zombava de mim. Olhe pra mim, o senhor entende, não? Se era preciso abrir uma janela, eu tinha que pedir para alguém da classe. Eu tinha dezesseis anos. Um dia comuniquei à minha mãe que dentro de alguns anos eu me mudaria para a Suécia e me casaria lá. Eu me inscrevi em um curso de sueco.

Lá fora, um trem de passageiros reverberou, mas foi como se passasse entre eles e os pratos.

— Por que justo a Suécia?

Lindholm respondeu imediatamente.

— Sabidamente, aqui vivem os menores homens do mundo.

Foram necessários cinco segundos até que meu pai tivesse coragem de rir. Isso dissolveu a tensão. Como se tivessem puxado uma rolha, o desconforto sumiu.

— Aos trinta e cinco anos já falava fluentemente sueco. O doutor Lindholm, nessa época, cansou de sua primeira mulher, que era enorme, um metro e oitenta, não é mesmo, Erik?

Lindholm balançou a cabeça sério.

— O que é que se pode fazer? Uma noite, eu o seduzi. No hospital, ao lado da sala cirúrgica. Não deixei nada de fora, não é, Erik? E agora é a vez do senhor, Miklós. Escreveu para a garota sobre o seu estado de saúde?

Meu pai, que até agora estava entretido com o guardanapo, tomou de repente os talheres e começou a engolir a comida.

— Apenas por alto.

— Eu tenho uma posição contrária à de Erik. Viaje, encoraje a sua... prima. E a si mesmo.

Lindholm suspirou, encheu os três copos de vinho.

— Na semana passada, recebi uma carta de um colega de Ädelfors. — De um salto, correu até o outro quarto. Após menos de um minuto, voltou com a carta na mão.

— Lerei uma parte dela para o senhor, Miklós. Em Ädelfors há um campo feminino de reabilitação, com quatrocentas mulheres. Agora, entre elas, entre as meninas, cinquenta foram levadas para outro campo onde a supervisão é mais severa.

Balançou a carta.

— Por que o senhor acha que fizeram isso?

Meu pai encolheu os ombros. Lindholm não esperava uma resposta.

— Por causa dos hábitos muito liberais. Preste atenção, lerei para o senhor: "As meninas recebiam rapazes nos quartos e nos bosques mais próximos...".

Silêncio. A miúda Márta perguntou depois de um tempo:

— Eram húngaras?

— Isso eu não sei.

Mas meu pai sabia a resposta. Triunfante, rebateu:

— Eram moças mimadas da classe alta!

Em sua voz havia tanto desprezo que Márta largou o garfo.

— Como assim, Miklós?

Meu pai finalmente chegou a um terreno conhecido. Ele

gostava disso. Os tempos antigos sendo soprados para bem longe pelo vento fresco do socialismo.

— Mulheres como essas assumem um certo tipo de moral. Fumam, usam meias de nylon, tagarelam sobre superficialidades. Enquanto isso, nem uma palavra profunda. Lindholm não se interessava nem um pouco por esse tipo de aproximação.

— Eu não sei de nada disso. Sei apenas que a ocasião faz o ladrão.

Meu pai, por outro lado, quando esse tipo de assunto surgia, não deixava que se livrassem dele tão cedo.

— Essa moral burguesa não pode se curar de outro modo, apenas de um jeito.

— Como?

— Precisamos construir um novo mundo! A partir da base!

O jantar daí em diante passou a ser o discurso que meu pai expunha de um fôlego só, recheado com palavras como liberdade, igualdade, fraternidade e com a benção da Santíssima Trindade. Meu pai nem percebeu que, enquanto falava, comiam a sobremesa.

O carro de Lindholm fez a curva na entrada do acampamento, onde estava a cancela, depois da meia-noite. Meu pai saiu do carro satisfeito e se despediu do médico com a esperança da próxima viagem para Eksjö. Logo que chegou a sua barraca, acendeu uma vela, e, agachado e excitado pela sua fala, compôs um texto de quatro páginas sobre como mudar o mundo a partir das ideias.

Eu ficaria feliz se a senhorita também me escrevesse sua opinião sobre as questões acima. Tanto mais, por ser a senhorita também da burguesia e por isso provavelmente observa esse tema com os olhos de sua própria classe...

4.

Depois de três semanas, Svensson permitiu que Lili levantasse da cama pela primeira vez. A menina vagava pelos corredores com piso quadriculado miúdo do Hospital Militar, onde os odores penetrantes dos remédios amargos se misturavam com o fedor dos peixes do mar sendo limpos. A ala feminina ficava no terceiro andar, e no resto do hospital ficavam soldados suecos mal-humorados.

Svensson também tomou providências para que Lili passasse seu primeiro domingo com a digníssima família Björkman. Isso porque, dois meses antes, quando internaram as meninas húngaras no acampamento de Smålandsstenar, determinaram para cada uma delas uma família sueca. Para Lili couberam os Björkman, cujo chefe era Sven Björkman, dono de uma pequena papelaria na cidade e que, a propósito, constava como católico.

Lili não chegou neles por acaso. Ainda não haviam se passado cinco meses desde sua "delação". Quando despertou, em maio, no hospital de Bergen, depois da libertação do campo de concentração, imediatamente rompeu com o judaísmo de modo definitivo. Na verdade, a escolha do catolicismo foi um tanto aleatória, mas que mais tarde significou, graças ao rigor e à empatia das autoridades suecas, que a família Björkman fosse nomeada sua protetora. Björkman e sua esposa foram de carro, no domingo de manhã, a Eksjö. Esperaram Lili no portão do hospital, abraçaram-na com alegria por revê-la, e logo correram para Smålandsstenar, direto para o serviço dominical.

A igreja de Smålandsstenar era simples, espaçosa e clara. A família Björkman sentava na terceira fila, agora completa com a menina húngara, a convalescente Lili Reich. Rostos iluminados se voltavam na direção do púlpito enfeitado. Lili só entendia algumas palavras em sueco, portanto a leitura do texto de domingo reverberou com a mesma intensidade que a fuga tocada no órgão depois do sermão. Em seguida, ela também entrou na fila para que o jovem padre de olhos assustadoramente azuis colocasse a hóstia em sua língua.

Querido Miklós, eu pediria que na próxima vez não se apressasse tanto, mas que pensasse melhor em que e para quem escreve. Nossa relação não é tão próxima para que fale ASSIM comigo sobre esse assunto. Sim, eu sou uma típica moça burguesa! E se entre quatrocentas mulheres houver pelo menos cinquenta delas, espero que não se espante!

Nesse mesmo domingo meu pai e Harry, depois de alguns salgadinhos e um copo de água mineral cada, estavam sentados no refeitório do acampamento de Avesta. Poderiam comemorar aquele raro momento em que sobraram apenas os dois naquele espaço imenso, mas meu pai estava tão amargurado que nem percebeu. Resmungava para si mesmo:

— Estraguei tudo.

Harry fez um sinal com as mãos de que não era nada.

— Imagine! Vai melhorar.

— Nunca mais. Eu sinto.

— Então você vai se corresponder com outra.

Meu pai olhou para cima com olhar enlouquecido. Simplesmente não conseguia acreditar que Harry não entendesse nada.

— Não tem outra. Ou é ela ou eu morro.

Harry deu uma risadinha.

— Palavras. Palavras.

Meu pai enfiou o dedo no copo de água e escreveu na mesa de madeira: LILI. Um pouco mais tarde, desanimado, acrescentou:

— Esse também secou.

Nesse exato momento, Harry teve uma ideia brilhante.

— Mande pra ela um de seus versos!

— Agora é tarde.

Harry deu um salto.

— Não gosto dos judeus tristes. Vou trazer alguma coisa doce pra você. Vou subornar alguém, ou roubo por você. Só não faça essa cara de pateta.

Harry atravessou o triste barracão e entrou na cozinha por uma porta vaivém. Lá também não havia ninguém. Foi dando uma espiada dentro dos armários até que encontrou no fundo de um deles um pote de mel.

Contente, correu de volta para meu pai.

— Não tem colher. Mergulha o dedo aí.

Meu pai estava sentado no banco e olhava a mesa fixamente, na qual só restava uma haste do L. Harry lambia o dedo indicador.

— Está bem. Você tem papel e lápis? Pegue, vou ditar.

Meu pai finalmente olhou para ele.

— O quê?

— A carta. Pra ela. Você está pronto?

Intrigado, meu pai tirou papel e lápis do bolso.

Harry era tão senhor de si, tão determinado, que conseguiu abrir uma pequena fresta na armadura amargurada. Enfiou o dedo no mel, lambeu e ditou:

— Querida Lili! Preciso dizer a você que desprezo e faço troça daquelas figuras femininas burras que têm vergonha de conversar sobre essas coisas...

Meu pai jogou o lápis com força sobre a mesa.

— Que idiotice! Você a está tratando de "você"?! Você quer que eu mande isso para ela?!

— Vocês trocam cartas há um mês. É tempo de mudar para você. Eu estou de fora, vejo isso melhor.

No domingo seguinte, quando Sven Björkman já abençoara a mesa e as duas crianças Björkman já estavam mais calmas, a sra. Björkman começou a dividir a sopa com sua precisão habitual e o papeleiro, sem olhar para Lili, perguntou:

— Onde você escondeu a cruz, Lili?

Björkman ou falava pouco alemão ou estava apenas testando mais uma vez o conhecimento de sueco de Lili. Por isso, quando ela olhou como quem não entendeu, ele repetiu a pergunta em sueco. Depois até ajudou um pouco. Mostrou no próprio pescoço a cruz pendurada.

Lili corou. Catou a pequena cruz de prata no bolso e pendurou no colo.

Björkman olhava-a com carinho.

— Por que você a tira? Nós demos para que você a use. Sempre.

Pela entonação da voz, ela percebeu que ele a estava recriminando. Não voltaram a se falar durante o almoço.

Apesar de sua última carta, de tom e gosto estranhos, o senhor é um rapaz querido, por isso não deixarei essa sem resposta. Mas não estou certa de que uma moça "burguesa" como eu seja conveniente para o senhor como uma boa amiga. O tratamento informal também considero precipitado...

Em Avesta, meu pai tinha um termômetro próprio. Toda madrugada, às quatro e meia em ponto, como se um despertador interno tocasse para despertá-lo, tateava na gaveta do criado-mudo em busca do termômetro, e ainda de olhos fechados o enfiava na boca. Contava até cento e trinta devagar e com ritmo uniforme.

O mostrador subia até o mesmo ponto havia meses. Meu pai abria os olhos por um décimo de minuto, não havia necessidade de analisar os pequenos tracinhos com mais atenção. Punha o termômetro de volta na gaveta, virava para o outro lado, continuava a dormir. Trinta e oito ponto dois, obstinadamente, nem mais, nem menos. A febre, como um ladrão invasor, surrupiava a confiança, e sumia em seguida no cinza da madrugada.

Às oito da manhã, quando meu pai acordava, a temperatura voltava ao normal.

Querida Lili! Eu sou mesmo um terrível tolo! O que é que a senhorita tem a ver com esse monte de bobagens? Eu lhe envio um caloroso aperto de mão, Miklós.
P.S.: Isso eu ainda posso mandar?

Uma carta, em geral, chegava em dois dias, pelo trem do correio sueco. Quando esta última chegou com as explicações do meu pai, Lili e Sara se encolheram no canto da cama de Lili. Ela leu alto:

— "P.S.: Isso eu ainda posso mandar?"

Sara ficou pensativa.

— Agora o perdoe.

— Já aconteceu. — Lili se arrastou na cama até a mesa de cabeceira e tirou da gaveta um envelope.

— Ainda não a fechei de propósito. — Procurava aquele trecho que queria mostrar a Sara. — Está aqui. "Sim, meu amigo, você realmente é 'um tolo'! E se você se comportar bem, pode me chamar de você. Na minha próxima carta, se eu o chamar de você novamente, será a prova de que somos bons amigos de novo."

Olhou para Sara triunfante.

A moça sorriu, mas não deixou de comentar:

— Homens!

No acampamento de Avesta, logo na entrada, mantinham quatro bicicletas e quem quisesse poderia ir da floresta até a cidade. Agora que o tempo esfriara, e que o sol do meio-dia não era suficiente para derreter a neve no topo dos pinheiros, meu pai e Harry tinham que embrulhar a cabeça, para que durante o trajeto de quinze minutos suas orelhas não congelassem.

Mesmo assim, mal conseguiam sentir seus dedos entorpecidos, e mantinham as mãos embaixo das coxas enquanto esperavam na fila do posto do correio da cidadezinha. Meu pai estava um pouco ausente. De seu lugar, via exatamente as portas das três cabines telefônicas, que no momento estavam tomadas. Meu pai estava ansioso.

Depois de alguma demora, uma das cabines ficou livre. De

frente para o balcão, uma funcionária pegou o telefone e o levou ao ouvido. Enquanto isso, olhava meu pai. Disse qualquer coisa no aparelho e fez um sinal. Meu pai deu um salto e, aturdido, se jogou na cabine vazia.

Judit Gold, ofegante, subiu a escada correndo. Enquanto isso foi quase derrubando as enfermeiras e os médicos que desciam apressados. No salão, Lili e Sara liam sentadas na janela aberta.

Judit Gold se precipitou pela porta adentro.

— Lili! Lili! Um telefonema pra você!

Lili olhou para ela, pois não havia entendido de imediato.

— Corra! O Miklós está ligando!

Lili ficou vermelha, pulou do parapeito. Quase voou. Disparou pela escada, até o porão do hospital, onde mobiliaram um quarto para os telefonemas dos pacientes. Uma enfermeira, que saía naquele momento do recinto, olhou com certa indignação. Lili viu que o telefone estava sobre a mesa. Freou, diminuiu o passo, parou. Pegou o aparelho com medo, encostou na orelha com cuidado.

— Sou eu…

No posto do correio, meu pai crocitava. Começou em uma oitava mais alta, por mais que tentasse.

— Eu imaginava a sua voz assim mesmo. Isso é místico!

— Ainda estou ofegante. Eu corri. Aqui só tem um telefone, no prédio principal, e nós…

Meu pai começou a falar rápido.

— Volte à sua respiração, com calma. Enquanto isso, falo eu, está bem? Bem, eu estou ligando porque, imagine a senhorita, desde ontem é permitido mandar cartões-postais para casa, via Londres ou via Praga. É permitido escrever em húngaro e mandar telegrama também. Agora, finalmente a senhorita poderá encontrar a sua mãe. Fiquei tão feliz, pensei, vou ligar logo para ela e contar!

— Ai, ai, ai.

— Eu disse algo errado?!

Lili apertava tanto o aparelho que o sangue lhe fugiu das mãos.

— Minha mãe... não sei... não sei o seu endereço... tivemos que sair de casa e ir para o gueto... e agora não sei onde pode estar morando. Ai, ai, ai.

A voz de meu pai finalmente retomou seu tom de seda.

— Puxa, estou louco, é claro! Mas podemos fazer um anúncio. Vamos colocar um anúncio no *Világosság*. Todo mundo lê esse jornal lá. Tenho um pouco de dinheiro, eu resolvo isso.

Lili se espantou. Mesmo nesse momento tão especial, uma ideia dardejou em sua mente: que a semanada de cinco coroas não dá para cobrir tudo isso.

— Como o senhor tem dinheiro economizado?

— Isso eu não contei a você... desculpe, mil desculpas!... para *a senhorita*, querida Lili...

Lili corou furiosamente, talvez a febre tenha subido de repente.

— Pode me chamar de você!

Meu pai de repente viu o pequeno posto do correio de Avesta se transformar num palácio. Fez sinal para Harry, que estava a poucos metros da cabine: feliz, livre, desferiu um grande golpe no ar, com o punho.

— Então, imagine, eu tenho um tio em Cuba... mas sobre isso, escrevo depois, é uma história longa.

Agora acabaram as palavras.

Ficaram em silêncio por um tempo.

Apertavam o aparelho no ouvido com intensidade.

Lili retomou a conversa.

— Como você está? Quero dizer, de saúde?

— Eu? Muito bem. Todos os exames dão negativo. Havia uma pequena mancha no meu pulmão esquerdo. Um pouco de água, sobras da inflamação da pleura. Mas não é perigoso. Agora estou mais ou menos na metade do tratamento. E você?

— Eu também estou bem. Não me dói nada. Tenho que tomar pílulas de ferro.

— Febre?

— Febrícula. Inflamação renal. Nada. Apenas a hemossedimentação está alta.

— Quanto?

— Trinta e cinco.

— Isso é muito!

— Que nada! Meu apetite está ótimo! Já estou ansiosa pela sua vinda! Estamos esperando vocês!

— Sim! Estou organizando. Até lá... escrevi um poema pra você.

— Pra mim?!

Lili corou.

Meu pai respirou fundo e fechou os olhos.

— Quer que eu diga?

— Você sabe de cor?

— É claro.

Meu pai tinha que decidir rápido. Na verdade, ele já escrevera seis poemas para Lili. Agora tinha que escolher um rápido e isso o deixou assustado. Será que saberia escolher bem?

— O título: Lili. Você ainda está aí?

— Estou.

Meu pai, ainda de olhos fechados, se apoiava na parede da cabine.

Ontem pisei em um charco congelado,
o gelo cinza rangeu.
Cuidado, se alcançares meu coração,
basta um movimento
para que estale sobre ele
a protetora camada gélida.

— Você ainda está aí?
Lili ficou sem ar.
Quase não podia ouvi-la, mas podia sentir sua presença.
— Estou aqui.
Meu pai também se assustou com alguma coisa, ou só ficou rouco. Por causa da enorme distância o ar também ciciava no aparelho, como o mar rugindo acima, assim vibravam as palavras.
— Então continuo:

Assim, venha com a leveza de uma borboleta,
apenas com um sorriso nos lábios.
Procure você mesma, onde a dor
já se transformou em gelo.
Apenas acaricie com seu calor,
para que em meu coração vire orvalho.

5.

O escritório que o Hospital Militar de Eksjö pôs à disposição para reuniões da Lotta, a Associação Sueca de Desenvolvimento, era um lugar minúsculo, sem janelas e constrangedor em termos de mobília. Cabiam apenas uma escrivaninha e, de frente para ela, uma cadeira Tonet para o visitante.

A funcionária da Lotta, a sra. Anne-Marie Arvidsson, apontava seu lápis com precisão após cada frase anotada. Devagar, soletrando, falava em alemão para que Lili entendesse bem as coisas mais sutis. Já explicara tudo a essa delicada jovem húngara. Ela a inteirou de coisas que sequer lhe cabiam. Que a Suécia se arriscara muito ao deixar entrar tantos doentes. Que por mais que a Cruz Vermelha Internacional cobrisse as despesas de modo geral, elas eram impossíveis de prever e muitas outras despesas surgiam depois. Sem falar no problema do aumento dos alojamentos. Por mais que queira, não pode apoiar essas iniciativas de caráter pessoal.

— Em princípio, você deveria saber, cara Lili, em princípio também não concordo com esse tipo de visitas.

Lili recomeçou, ela mesma já estava entediada.

— São poucos dias. Que mal faria?

— Fazer mal, não faz. Mas para quê? Viajar para o outro canto do país. E é muito dinheiro. E quando os rapazes estiverem aqui? No meio de trezentos doentes! É um hospital. Não uma pensão! Pensou mais um pouco, Lili?

— Não o vejo há um ano e meio.

Lili olhava suplicante para a mulher. A sra. Anne-Marie Arvidsson descobriu um cisco de pó sobre a mesa brilhante. Conscienciosa, o fez sumir.

— Digamos que permito. O que vão comer seus familiares? A Lotta não está preparada para isso.

Lili encolheu os ombros.

— Alguma coisa. Qualquer coisa.

— A senhorita escapa dos problemas, cara Lili. Esses rapazes vêm de acampamentos. Não entendo com que dinheiro comprarão as passagens de trem.

— Temos um parente em Cuba.

Anne-Marie Arvidsson ergueu a sobrancelha. Escreveu algumas palavras no papel diante dela. Apontou o lápis de novo.

— Esse parente financia a viagem desde Cuba?

Lili olhou fundo nos olhos da funcionária.

— Somos uma família que se gosta muito...

A sra. Anne-Marie Arvidsson finalmente caiu na risada.

— Que determinação. Vou tentar fazer alguma coisa. Mas não tome isso como uma promessa.

Lili se levantou de um salto, feliz. Desajeitada, se curvou sobre a escrivaninha e deu um beijo estalado no rosto da sra. Anne-Marie Arvidsson. Correu da sala, derrubando a cadeira no caminho.

A sra. Anne-Marie Arvidsson também se levantou, sem bagunçar nada, pôs a cadeira de volta, pegou seu lenço e, pensativa, limpou a marca do beijo no rosto.

O rabino Emil Kronheim, em Estocolmo, se segurou muito ágil ao trem. Tinha um temperamento ascético, era magro e de compleição miúda. O cabelo espetado parecia um feixo de feno. Desde que recebera o honroso pedido do governo sueco para dar apoio emocional à nação e aos companheiros de fé nesses tempos difíceis, seu nome e endereço constavam em alguns murais de acampamentos de reabilitação da Suécia. Por isso, viajava a cada mês durante três semanas. Cruzara toda a Suécia de norte a sul.

Às vezes participava de atividades coletivas, outras, era capaz de ficar horas ouvindo uma única pessoa, quase sem se mover, apenas dando força com a intensidade do olhar, até serem cobertos pelo cinza da noite. Jamais se cansava.

Tinha uma única mania, e era até engraçado dizer isso: arenque. O rabino não conseguia resistir aos arenques em conserva. Por isso, viajava no trem lendo jornais enquanto comia peixe em papéis engordurados. Pela janela, passava a paisagem, que lentamente transformava-se em branca por causa da neve.

Em Eksjö, desceu na estação de trem. Caía uma tempestade. O rabino atravessou correndo a plataforma.

No Hospital Militar, segundo fora informado, havia apenas três colegas alojadas. Recebera uma carta de uma delas alguns dias antes. Uma única alma também é uma alma. Kronheim, sem hesitar, se lançou à longa viagem.

Agora estava sentado ali, naquela mesma sala sem janela, no térreo, onde alguns dias antes haviam metido a sra. Anne-Marie Arvidsson. Usava um terno cinza, muito gasto, e concentrava-se numa mosca, que dançava sobre a escrivaninha, entre os lápis afilados e o apontador.

Bateram à porta. Judit Gold enfiou a cabeça pela abertura.

— Posso entrar?

O rabino abriu um sorriso.

— Eu a imaginava assim. Sabe, querida...?

— Judit Gold.

— Sabe, querida Judit Gold, a partir do seu modo de escrever, eu desenhei a senhorita para mim mesmo. Agora vêm as palmas: já fiz um ponto. O mundo é todo construído sobre esse tipo de pressentimento. Napoleão, antes da batalha de Waterloo... Nossa, como a senhorita está pálida! Um copo de água?

O jarro de água estava sobre a mesa. O rabino encheu um copo. Judit Gold deu grandes goles e se sentou. Cochichava.

— Estou envergonhada.

— Eu também. Todos nós. E com motivo. A senhorita, por exemplo, está por quê?

— Porque... por ter escrito ao senhor aquela carta. E também porque... tenho que fazer uma delação.

— Então não faça a delação! Esqueça tudo!

— Não é possível.

— Claro que sim! Encolha os ombros e jogue na lata de lixo o que queria dizer a mim. Não tenha um minuto de dor de cabeça por causa disso. Esqueça. Vamos falar de outras coisas. Vamos falar, por exemplo, sobre as moscas. Como se relaciona com as moscas, Judit Gold?

Emil Kronheim apontou para a mosca que zunia sobre a escrivaninha.

— Tenho horror a elas.

— É preciso cuidado com o horror. Transforma-se em ódio com facilidade. Logo em seguida vem a agressão. Mais tarde, a ideologia. E no fim, poderá acabar caçando moscas a vida inteira.

Judit Gold não conseguia tirar os olhos da mosca, que agora voava para a beira de seu copo. Engoliu em seco.

— Tenho uma amiga.

Judit Gold esperou. Esperava por uma pergunta, por um movimento, mas o rabino Kronheim estava voltado apenas para a mosca, aquela mosca briguenta e maluca. Era preciso começar de algum modo.

— É sobre a minha amiga, sobre a Lili. Tem dezoito anos. É inexperiente. Ingênua.

O rabino fechou os olhos. Estava prestando atenção, afinal?

— Ela foi totalmente enredada por um... um homem de Gotland. Aliás, agora já o levaram para Avesta. Não aguento olhar. Não aguento ver como Lili está se jogando! Não dá para olhar isso de fora, sem fazer nada.

O rabino, que até agora tagarelava e se mexia sem parar, a partir daí permanecia sentado de olhos fechados. Adormecera?

Judit Gold começou a chorar.

— Ela é minha melhor amiga. Eu acabei gostando muito dela. Ela era pele e osso quando chegou. Estava tão caída! Tão sozinha! Depois começou a trocar cartas com esse vadio. Ele é um malandro! Promete tudo e mais um pouco! Agora está a ponto de vir aqui, no hospital, quer visitar a Lili. Estou falando um monte de coisa misturada. Perdão. Eu só sei isso: Lili é uma menina!

Judit Gold sentiu que perdera o fio da meada. Era preciso explicar desde o começo. Explicar por que está aflita e por que tem razão de estar assim. Mas o rabino, em vez de ajudá-la, acabou por confundi-la. Não prestou atenção suficiente. Sentado ali, ereto, de olhos fechados.

Passou-se um minuto em silêncio.

O rabino Kronheim inesperadamente enfiou as mãos nos cabelos desalinhados. Ficou bastante claro que não havia dormido.

Judit Gold fungava, lacrimejava.

— Vivi tantas coisas terríveis. Desisti tantas vezes. Mas estou viva. Estou aqui. E Lili é só uma menina.

Emil Kronheim mexeu no bolso.

— Sempre levo comigo lenços limpos para essas ocasiões. Tome.

Nessa situação, meu pai pensou em como driblar a sorte. Considerando seu aspecto, não tinha ilusões. Mesmo assim, tendo engordado, agora com cinquenta quilos e com aquelas verrugas feias em seu rosto começando a desaparecer, ainda restava uma enorme inibição.

O pedido de meu pai num primeiro momento surpreendeu Lindholm, mas como finalmente o assunto não era a viagem, e como poderia lhe proporcionar alegria, a decisão foi rápida. Foi até o armário e tirou da última gaveta uma pequena máquina fotográfica. Da gaveta da escrivaninha sacou uma caixa com filme para doze fotos. Deu ambas a meu pai que, com um sorriso radiante, aguardava em pé no meio da sala.

Pinheiros ancestrais se erguiam em direção ao céu sombrio de espaços largos e arejados que existiam entre as barracas. Miklós, Harry e Tibor Hirsch foram para lá e meu pai estendeu a máquina a Tibor com um gesto solene. Tibor era o morador mais velho do acampamento, já passava dos cinquenta e dois anos. Seu cabelo recusava-se a renascer e manchas avermelhadas irregulares se espalhavam sobre seu couro cabeludo.

— Você foi fotógrafo, em você eu confio. — Meu pai olhou no fundo dos olhos de Hirsch. — Trata-se da minha vida.

61

O homem analisou longamente a máquina fotográfica da marca Axa. Balançou a cabeça.

— Eu conheço esse tipo de máquina. Vai ficar perfeita, prometo.

Meu pai o interrompeu.

— Não, não quero que seja perfeita.

— Como assim?

— Quero que seja embaçada. É isso que quero.

Hirsch olhou para ele sem entender. Meu pai acrescentou:

— É por isso que peço a você. Porque você entende do assunto...

Hirsch pensou em um passado não tão distante.

— Um pouco. Sou mecânico de rádios elétricos e assistente de fotógrafo. Fui. O que você quer?

Meu pai apontou para Harry.

— Nós dois estaremos na foto. Harry e eu. Harry deve estar em foco e eu, fora de foco. De algum modo atrás. Você consegue fazer isso?

Hirsch se revoltou.

— Que burrice! Por que você quer estar fora de foco?

— Não se preocupe com isso! Você consegue ou não?

Tibor Hirsch, mecânico de rádios elétricos e assistente de fotógrafo, hesitava. Porém, diante do olhar suplicante de meu pai, e por ser um bom camarada, deixou de lado seus pruridos profissionais.

Em cinco minutos ele descobriu como tirar uma fotografia na qual meu pai ficasse irreconhecível. Em primeiro lugar, posicionou Harry no primeiro plano. Meio de perfil, no ângulo mais favorável. O sol fraco também apareceu por poucos minutos. Hirsch se colocou contra a luz, o que emprestou um tom artístico à montagem. Meu pai, enquanto isso, tinha que dar pequenas corridas, por trás de Harry, para lá e para cá. Tibor Hirsch tirou várias fotos com essa mesma configuração.

Lili, querida, que bruxinha você é! Você me enfeitiçou totalmente pelo telefone! Agora estou ainda mais curioso para saber se você é como passei a imaginar depois de suas cartas. Será um grande problema se não for, mas será um problema ainda maior se for! Encontrei uma foto minha. É verdade que pareço um ser que foi um pouco amassado por um ciclope e que precisa ir urgente a alguma casinha. Mas mandarei assim mesmo...

Em frente à janela do corredor do terceiro andar do Hospital Militar de Eksjö, na curva do corredor, puseram uma palmeira tropical artificial de folhagem densa. As três moças se esconderam exatamente aí.

Lili analisava a fotografia com uma lupa, depois passou a lente de aumento para Sara e Judit Gold. O problema não eram seus olhos. Era preciso resolver a questão: aquela criatura borrada atrás de Harry, correndo, impossível de identificar, era mesmo meu pai.

De repente o dr. Svensson surgiu acima delas.

— Ahá! Era para isso que as senhoritas necessitavam de minha lente de aumento!

As três meninas saltaram juntas. O médico indicava com a mão a foto.

— Homens? Húngaros?

Lili, encabulada, estendeu a fotografia.

— Meu primo.

Svensson olhou longamente a foto.

— É boa pinta. Até que enfim um olhar franco.

Lili hesitou, mas depois explicou. Apontou para a figura fora de foco, atrás de Harry.

— Não, não é esse. É esse, aqui atrás.

O dr. Svensson levou a foto bem perto dos olhos. Ele também tentou decifrar algo sobre o jovem atrás em movimento, porém, claro, sem sucesso.

— Pensei que esse rapaz aparecia por acaso na foto. Que mistério.

A previsão de meu pai se cumpriu perfeitamente. A figura de trás, secreta, trazia a promessa de futuro. Svensson entregou a foto desapontado, e as meninas, dando risadinhas, devolveram a lupa.

Agora serei muito impertinente, em parte com você, em parte com sua amiga Sara, a quem cumprimento como amigo. É o seguinte, meu amigo Harry e eu encomendamos uma porção de novelos de lã cinza, de um tom horrível, os quais mãos femininas habilidosas precisariam, num passe de mágica, transformar em razoáveis malhas de lã. Eu queria pedir a vocês que fizessem isso o mais rápido possível, claro.

No dia seguinte, de manhã bem cedo, Lili se sentou na cama, na enfermaria, e tirou um lenço de debaixo do travesseiro. Dobrou-o cuidadosamente e o colocou dentro do envelope aberto que estava sobre a mesa de cabeceira.

Aceite essa pequena bagatela que lhe envio, com muito amor. Infelizmente não ficou tão bonito como gostaria, e como também não tenho ferro de passar, fui obrigada a colocar embaixo de meu travesseiro para alisá-lo... Além disso, aqui está cada vez mais frio, e como não nos deram casacos de inverno, visto dois cardigãs de uma vez quando saio para passear no jardim.

Judit Gold levantou a cabeça do acolchoado justo nesse momento. Viu no rosto de Lili uma felicidade tranquila e não ficou nada contente.

O correio era distribuído à tarde, logo depois da sesta. Em geral, Harry ia até a portaria pegar as cartas e ler os nomes.

— Misi, Adolf, Litzman, Grieger, Jakobovits, Józsi, Jenö, Spitz, Miklós...

Meu pai recebia cartas com frequência, com muita frequência, mas agora só as notícias de uma pessoa o deixavam animado. Se eram de Lili, ele nunca tinha paciência para esperar chegar à sua cama, e já no meio do caminho, voraz, abria o envelope. Dessa vez, um lenço escorregou dele e caiu no chão. Meu pai o agarrou e sentiu seu cheiro mais de uma vez.

O fato de você não ter um ferro de passar, e de ter passado o lenço sob a sua cabeça, apenas fez o valor dele crescer... Diga, por que razão suas cartas me trazem cada vez mais alegria?

Desculpe pelo lápis — quero responder imediatamente e levaram a tinta embora.

Eu lhe envio um longo e quente aperto de mão,
Miklós

Em Eksjö, no andar térreo do hospital, havia um salão dedicado à cultura, com paredes amarelas e um tablado sobre o qual era possível fazer descer uma cortina vermelha.

Quando Sara inventou de fazer uma noite de apresentações, elas esperavam que pelo menos o setor feminino, no terceiro andar, viesse vê-las. No entanto, as duzentas cadeiras foram ocupadas pelos soldados e, a cereja do bolo, uma ou outra enfermeira sueca de cabelo trançado se enfiou entre eles, com uniforme engomado e touca.

As responsáveis pelo espetáculo apresentaram apenas quatro números. Sara cantou e Lili a acompanhou no acordeão. Depois de três canções húngaras, Sara cantou o hino sueco.

Ela ainda não havia chegado à metade quando os soldados, de barbas malfeitas e vestindo pijamas, se levantaram, chutaram as duzentas cadeiras para trás e aderiram ao espetáculo, desafinados.

Esses suecos começam a me dar nos nervos. Gostariam que entoássemos hinos laudatórios o tempo todo sobre como eles são generosos... Tenho uma saudade indescritível de casa!

6.

Klára Köves chegou com o trem da tarde, de surpresa. Tinha o dinheiro justo para pagar a passagem até Avesta saindo de um acampamento perto de Uppsala. Mas isso não a preocupava nem um pouco, estava convencida de que para todo o resto poderia confiar em meu pai.

Na estação, pediu ao carro do correio que desse carona, e assim percorreu muito confortável os últimos quilômetros. Ainda não eram três horas quando saiu do carro na entrada do acampamento.

Os colegas de Klára Köves faziam troça dela chamando-a de Senhora Ursa, não sem motivo. Andava se arrastando, também oscilava e dava as mãos com tanta força quanto um homem. Além disso, grande parte de seu imenso corpo era coberto por pelos que, em determinada luz, pareciam um casaco de pele de urso. Klára tinha a boca grossa, nariz de gavião e uma cabeça imensa emoldurada por cabelos escuros, grossos e encaracolados de modo irrefreável. Era um fenômeno, sem sombra de dúvida.

67

Irrompeu no acampamento como um tufão, os rapazes ficaram paralisados, e começou a chorar copiosamente.

— Meu querido Mikloszinho, estou aqui! Eu vim até você!

O quarto permaneceu paralisado. Meu pai primeiro pensou que Klára era um pequeno mal-entendido. Simplesmente não conseguiu associar a moça grandalhona com aquela mulher engraçada, espirituosa, com a qual já trocava cartas com alguma frequência há dois meses.

Quando meu pai começou a se corresponder com diversas moças húngaras, no meio do verão, ele enviou cento e dezessete cartas pelo correio e recebeu dezoito respostas. No final, ele se envolveu com nove delas, além de Lili. Klára Köves era uma dessas mulheres. Meu pai foi incapaz de interromper a comunicação. A fisiologia da escrita provocou maravilhas, ajudou-o a olhar os fatos com profundidade e, ainda por cima, o destino daquelas mulheres o interessava sinceramente. No entanto, as cartas para as nove jovens não se pareciam em nada com as confissões enviadas a Lili. Com Klára, por exemplo, quando muito a relação se dava em questões referentes a pontos de vista. A moça durante a guerra espalhava folhetos socialistas, foi pega por isso.

Klára correu em direção ao meu pai, e, sem nenhum aviso, beijou-o na boca.

— Eu esperava por isso há semanas.

Os colegas de barraca olhavam assombrados. Uma verdadeira mulher de noventa quilos de carne se materializou entre eles, desrespeitando todas as regras, permissões, considerações médicas, entre outras. Os seus sonhos tomaram forma em três dimensões.

Meu pai, perdido, tremia no abraço apertado de Klára.

— Você esperava o quê?

— Que amarrássemos as nossas vidas! O que mais?

Klára finalmente soltou meu pai. Tirou as cartas da mala e as jogou para o ar. Virou-se para os outros, que foram se levantando de suas camas, e os rodearam. Sem dúvida, a entrada de Klára teve um toque teatral.

— Vocês sabem, franguinhos, quem vive entre vocês? Um novo Karl Marx! Um novo Friedrich Engels!

As cartas caíram como confete. Os franguinhos, enfeitiçados, permaneciam estáticos. Meu pai sentia que cairia morto em breve.

Klára o tomou pelo braço, conduzindo-o, e meu pai fazia sinais desesperados a Harry, para que os seguisse. Saíram os três, caminhando pela trilha do bosque, ao lado do acampamento. Klára tomou posse de meu pai, agarrou-o, monopolizou-o, como se apertasse contra o peito uma boneca de brinquedo. Harry dava passinhos atrás deles, esperava pela sua vez. Uma fina garoa caía do céu.

— Veja, Klára — meu pai falava em tom calmo, conciliador. — Eu escrevo cartas para muitas moças. Inúmeras.

Klára dava risadinhas.

— Você quer me deixar enciumada, meu franguinho?

— Não, de jeito nenhum! Quero inteirar você dos fatos. Escrever cartas, por assim dizer, é nossa única diversão. Não apenas para mim, para todos na barraca. Isso deve ter levado você a interpretar certas coisas de modo equivocado.

— Nenhum equívoco! Eu me apaixonei por você, franguinho! Você é inteligente como o sol. Eu admiro você! Você será meu professor e amante! Você é tímido, mas eu salvarei você!

— Então, eu escrevo muitas cartas. Você precisa saber disso.

— Todo gênio é tímido. Eu sei, já tive dois, antes da guerra. Não faz mal se lhe conto meu segredo, meu franguinho? Eu já não sou virgem. Ah, sou tudo, menos virgem! Mas a você eu saberia ser fiel, eu sinto. Que frases, que pensamentos fluem de você! Sei as cartas de cor. Quer me tomar a lição?

Em sua excitação abusiva, Klára agarrou meu pai pela cin-

69

tura, encheu seu rosto de beijos, também seus óculos. As lentes ficaram embaçadas. Então, assim de perto, através dos óculos sujos, meu pai de repente percebeu nas profundezas do olhar de Klára o terrível desespero. O medo da rejeição. Essa descoberta surpreendente acalmou meu pai.

— Klára, deixe-me falar, por favor!

— Ainda gostaria de acrescentar que vou cuidar de você, se necessário. Eu estou completamente curada. Posso deixar o acampamento. Vou trabalhar. Eu me mudo pra perto de você. A palavra agora é sua.

Meu pai se soltou do abraço de Klára. Parou de frente para ela.

— Está bem. Vamos aos fatos. Eu escrevo muitas cartas, em primeiro lugar porque minha letra é linda. Outras pessoas também já haviam notado. Os rapazes das barracas, para dizer de modo gentil, se aproveitam disso. As suas cartas, lamento, não fui eu que idealizei. Foi o Harry. Ele ditava o texto e eu escrevia. A letra dele é feia, não dá pra ler. Bem, essa é a triste verdade. Você, através de mim, se apaixonou pela cabeça de Harry, sinto muito.

Klára olhou espantada de lado, para Harry, e, sob o permanente chuvisco, se aproximou dele.

— Em uma palavra, você seria o meu gênio, franguinho?

Harry balançou a cabeça. Meu pai acenou para Harry.

— Ele só escrevia. Os pensamentos... — Harry, com jeito modesto, indicou a testa.

O olhar de Klára vagava entre os dois homens. Meu pai era pequeno, de óculos, com dentes de ferro. Harry era alto, tinha um bigodinho de hussardo, e nos olhos podia-se ler o verdadeiro desejo. Decidiu que era melhor acreditar em meu pai. Deu o braço a Harry.

— Vou verificar, franguinho. A mim não me importa nem um pouco o exterior da pessoa. Não me interessa o desenho da boca, a cor dos olhos, o rosto bonitinho. A mim, apenas a alma me dá gosto, se é que você me entende. O pensamento crescente, alado, me faz arder, não há o que me baste.

Harry parou a moça, virou-a de frente para ele, pôs uma das mãos em sua enorme bunda, com a outra mão pegou o queixo de Klára.

— Você não vai se decepcionar — afirmou, e beijou-a na boca apaixonadamente.

Meu pai sentiu que era hora de escapar, talvez eles sequer percebessem seu sumiço. Na verdade, quando olhou para trás no final da trilha, viu que o casalzinho abraçado caminhava na direção da floresta escura sob a cortina de uma chuva mais densa.

Depois desse episódio, por causa de Klára, meu pai determinou três dias de penitência para si mesmo. Até lá não escreveu uma única linha a Lili. No quarto dia, meu pai tomou um banho de banheira com água bem quente, no único banheiro privativo da barraca. A chave para esse banheiro ficava na portaria e meu pai frequentemente se proporcionava essa prática que lembra costumes burgueses. Como esse aposento ficava num prédio à parte, longe de seu alojamento, meu pai jamais trancava a porta — nem agora. Acendeu um cigarro, e entoava a plenos pulmões marchas do movimento dos trabalhadores, embora jamais tenha sido famoso pelo seu ouvido musical.

De repente, a porta do banheiro se abriu com um estrondo. Da abertura saiu Márta, a enfermeira-chefe anã de um metro e quarenta, fazendo movimentos com o bracinho para expulsar a grossa fumaça de cigarro. Meu pai tentou cobrir com o braço esquerdo seu órgão sexual.

Márta simplesmente espumava de raiva.

— O que o senhor faz aqui, Miklós? Vem aqui e fuma escondido?! O senhor não se envergonha?! Quantos anos tem o senhor, Miklós? Quem faz essas coisas são os estudantes, os adolescentes!

Meu pai jogou o cigarro na água rápido. Com o braço direito, também espantava a fumaça, mas tudo que conseguia era misturar a nuvem de fumaça em cima da água. Na verdade, o que o incomodava mesmo era a nudez, então preferiu usar as duas mãos para se cobrir.

Márta, com seu enorme chapéu de enfermeira, chegou muito perto da banheira e gritou no rosto de meu pai:

— Miklós, o cigarro para o senhor é a morte! Cada cigarro: um dia! Vale a pena?! Responda, seu louco! Vale a pena?!

Lili, querida, minha amiguinha, agora segue uma confissão. Não é aquela, que ainda tenho medo de escrever — mas, sim, que sou duro de ouvido e uma voz de rachar. Mas, como todo antimilitarista, eu canto marchas a plenos pulmões dentro da banheira.

Aqui cuidam tanto da gente, que é um horror. Temos que respeitar pontualmente a ordem do dia: ficar quieto na cama e coisas parecidas. Principalmente a Márta, a enfermeira-chefe que parece o Mickey Mouse e a esposa húngara do médico-chefe Lindholm, se preocupa demais conosco.

Márta, a enfermeira-chefe que parece o Mickey Mouse, sufocando de indignação, atravessou o jardim com passos rápidos. É uma caminhada de cinco minutos até a portaria, e dentro de Márta a raiva apenas crescia a cada passada.

Ela quase arrebentou a porta da cabine da entrada.

Quatro dias antes, não tanto como resultado da ávida paciência de Klára Köves, Harry recuperou sua masculinidade perdida. Embora a moça tivesse viajado de volta um pouco decepcionada, combinaram que continuariam a se corresponder. Porém, o apetite de Harry ressuscitara.

Depois ele tomou gosto pela porteira diurna do acampamento, Frida, uma grandalhona que os homens chamavam de bebê elefante. Harry devaneava sobre seus tortuosos caprichos. Aparentemente sem nenhum motivo terminara aquele período em que só mulheres pálidas e com cinturas de vespa exerciam efeito sobre ele. Quando Márta, como um anjo exterminador, apareceu na entrada da portaria, Frida e Harry, de pijama, estavam nas preliminares. Nem tiveram tempo de se separar. A relativa sorte de Harry foi que a conversa fluía em sueco, que ele entendia um pouco.

— Frida, foi você que deu cigarro ao Miklós?

Frida segurava Harry bem apertado, com seus braços musculosos, e não abrandou o abraço.

— Apenas dois, talvez três.

Márta gritou.

— Essa foi sua última chance! Se eu pegar você de novo, vou denunciar! — Girou nos calcanhares, e bateu a porta atrás de si.

Naturalmente, Frida não dava cigarros por generosidade. Com a pequena diferença entre o preço que pagava e o que revendia, completava seu não muito representativo salário.

Confesso honestamente que gosto e acho bonito quando um homem fuma cigarros, mas com você isso é uma exceção. Eu te peço, não exagere. Eu, por sinal, não fumo...

Lili entrou no salão como uma sonâmbula. Sentou sobre a cama sem dizer uma palavra. O desespero emanava dela com tanta intensidade que Judit Gold, que rolava em sua cama, deixou cair o livro que lia pela terceira vez sobre a barriga. Esse romance era *Uma mulher limpa*, de Thomas Hardy.

Sara, que acabara de preparar uma xícara de chá, virou-se, correu até Lili, e ajoelhou à sua frente.

— Aconteceu alguma coisa?

Lili continuava sentada com ombros caídos, não respondeu.

Sara colocou a mão em sua testa.

— A febre subiu. Onde está o termômetro?

Judit Gold deu um salto, mantinham o termômetro perto da janela, num pratinho. Lili deixou que as duas jovens levantassem e em seguida apertassem o braço contra o corpo. As amigas acomodaram-se em frente a Lili na cama. Assustadas, esperavam.

A veneziana da janela era continuamente balançada pelo vento. Por cima daquele rangido rítmico, como o som de um violino solitário, Lili disse baixinho:

— Alguém me denunciou.

O corpo de Judit Gold se ergueu um pouco.

— Fez o quê?

Lili observava distraída o chinelo.

— Estou vindo da mulher da Lotta. Ela me informou que menti...

Silêncio. Sara se lembrou do nome da mulher.

— A sra. Anne-Marie Arvidsson?

Lili continuou, com a voz abafada.

— Que Miklós não é meu primo, mas um desconhecido que me escreve cartas...

Judit Gold deu um pulo, corria pelo quarto para lá e para cá.

— De onde ela tirou isso?

— E por isso não vai dar a permissão. Ele não pode vir! Ele não pode vir!

Sara ajoelhou em frente a Lili e beijou suas mãos.

— Nós vamos inventar alguma coisa, Lili. Se recomponha, sua febre subiu.

Lili não conseguia tirar os olhos dos chinelos.

— Ela mostrou uma carta. Foi escrita daqui, por uma de nós.

Judit Gold já gritava.

— Quem?!

— Isso ela não disse, apenas o que ela continha. Escreveram pra ela dizendo que eu menti. Miklós não é meu primo, como eu tinha dito, e por isso não vão me dar a permissão.

Sara suspirou.

— Vamos repetir o pedido. Pediremos para receber visitas até eles enjoarem.

Judit Gold também se enroscou aos pés de Lili.

— Minha querida Lili!

Lili finalmente levantou o rosto e olhou para as amigas.

— Quem me odeia tanto assim?

Sara levantou e tirou o termômetro de Lili.

— Trinta e nove e dois. Entre já na cama. É preciso avisar Svensson.

As duas amigas deitaram Lili e a cobriram com o acolchoado. A menina não conseguia se mexer por vontade própria, era preciso agir com ela como se fosse um bebê.

Judit Gold, para distraí-la, fez um comentário.

— Ele gosta de você.

Sara não entendeu de imediato.

— Quem gosta dela?

— Svensson. Ele olha para ela como se fosse devorá-la.

Sara fez um gesto com as mãos.

— Que bobagem!

Mas Judit Gold continuou batendo na mesma tecla.

— Nessas coisas eu não me engano.

Meu pai estava em pé na passagem sobre a estrada de ferro, entre as traves compactas, com o olhar fixo para baixo. Lá, uma meia dúzia de trilhos serpenteavam, alguns atingiam o horizonte e corriam para o infinito. O céu estava nublado, cinza como o aço. À distância, na estrada, Harry apareceu. Corria, subia a escada da passagem dois degraus de cada vez, mas meu pai só se deu conta de sua presença quando ele parou ao seu lado, ofegante.

— Você está se preparando para pular?

Meu pai sorriu para ele com ternura.

— De onde você tirou isso?

— Dos seus olhos. E do modo como você saiu correndo depois da distribuição das cartas.

Um trem de carga passou abaixo deles. A fumaça grossa, preta, derrubou-os, como se fosse a tristeza. Meu pai agarrava com firmeza o corrimão da escada.

— Não. Não vou saltar.

Harry apoiou o cotovelo ao lado de meu pai. Observavam o trem de carga se afastando lá embaixo. Quando a composição já se transformara num risco estreito se encolhendo à distância, meu pai puxou do bolso da calça uma carta amassada. Passou-a para Harry.

— Recebi isto.

Prezado senhor!

Em resposta a seu anúncio publicado no Szabad Nép de hoje, informo que sua querida mãe e seu querido pai, do acampamento de Laxenburg, na Áustria, faleceram durante bombardeio no dia 12 de fevereiro de 1945. Eu conhecia muito bem seus pais, fui eu que os encaminhei para o melhor lugar do acampamento, trabalhavam na fábrica de café, e pedi que os tratassem com humanidade, que tivessem comida e acomodações decentes. Sinto muitíssimo em ter que lhe dar uma notícia tão desagradável.

Andor Rózsa

Meu pai tinha uma relação complicada e contraditória com seu pai. O dono do Gambrinus, um conhecido negociante de livros da cidade de Debrecen, era sabidamente um homem enraivecido, que gritava muito, e que frequentemente usava sua mão. Não poupava nem mesmo a mulher, e não precisava estar bêbado para isso. Infelizmente, também bebia muito. Mesmo assim, a mãe de meu pai ia com frequência à livraria para levar um lanche, uma maçã ou uma pera para o marido.

Meu pai se lembrava de uma tarde mágica, quando era pequeno e estava tão cativado pelo livro *Pedro, o Grande*, de Alexei Tolstói, que, esquecido da hora e do lugar, lia no topo da escada a trama tsarista, com as orelhas vermelhas. No começo da noite a mãe veio buscá-lo, era outono e ela usava um chapéu bordô, de aba larga.

— Miki, são sete horas, você se esqueceu de almoçar. O que você está lendo?

O menino a olhou. A mulher com chapéu de cardeal parecia conhecida, mesmo assim não sabia bem quem era.

Harry dobrou a carta e, sem dizer uma única palavra, devolveu-a a meu pai. Apoiavam-se no corrimão, olhavam os trilhos entre lentas piscadas. Pássaros de voo rápido cruzavam o céu de vez em quando.

Querido Miklós, sinto muitíssimo por essa carta de Szolnok lhe comunicar uma verdade tão terrível. Nem consigo encontrar palavras de conforto...

Naquela tarde, meu pai foi de bicicleta até o cemitério de Avesta. A chuva foi se alastrando com pequenas gotas. Sem nenhum propósito claro, meu pai caminhava incansável entre os túmulos, para cima e para baixo, e de vez em quando se aproximava de uma inscrição. Tentou conversar com alguns mortos suecos de nomes bonitos, aos sussurros.

Não fique zangada comigo por ser tão frio, por reagir tão cinicamente a esse golpe... Ontem fui ao cemitério daqui. Eu tinha esperança de que os meus, nas profundezas de um túmulo coletivo, talvez fossem sacudidos por uma memória maior que a humana... É isso.

Lili de repente se sentou na cama; era tarde, de madrugada, e apenas a fraca lâmpada sobre a porta a iluminava. Sua testa estava ensopada de suor. Na cama ao lado, Sara estava em posição fetal, descoberta. Lili sentou, passou para a cama da amiga. Ajoelhou.

— Está dormindo?

Sara, como se a esperasse, virou e sussurrou:

— Eu também não consigo!

Lili já se enfiara em sua cama e pegou a sua mão. Ficaram assim deitadas de costas, olhando o teto, sobre o qual havia desenhos projetados pela árvore diante da janela, envergada pelo vento. Depois de um tempo, Lili sussurrou:

— Recebeu notícias. Sobre os pais. Foram bombardeados.

Apenas os olhos de Sara tremeram. Pegou a carta de meu pai sobre a mesa de cabeceira.

— Meu Deus!

— Eu fiz as contas. Trezentos e setenta e três dias. É o tempo que estou sem notícias de minha mãe e de meu pai.

De olhos bem abertos olhavam o teto, os desenhos expressionistas produzidos pelo vento.

7.

O pequeno caminhão que buscava e trazia a correspondência chegava às três horas no acampamento de Avesta. Um homem de jaqueta com gola de pele saltou do carro, foi até a traseira, escancarou as portas e pegou os envelopes de dentro de um saco cinza. Em geral ficava fuçando ali por alguns minutos. Depois, dirigiu-se a um armário amarelo, que mais parecia uma mala de viagem, abriu com uma chave a parte de baixo e as cartas enviadas pelo pessoal do acampamento caíram dentro do saco de lona vazio.

Fazia parte da rotina diária do meu pai observar esse monótono ritual. Ele simplesmente tinha que se convencer de que a sua carta, como resultado de alguma trama ardilosa, não cairia fora do saco.

Lili, minha querida, estou certo de que, se não hoje, amanhã, deve chegar a boa notícia! A carta está escrita e descansa no bolso de seu pai, e ele procura a oportunidade de tentar realizar esse feito quase impossível: enviá-la para a Suécia.

79

* * *

No Hospital Militar de Eksjö, só era possível fumar em um lugar sem correr o risco de ser flagrado. Era o banheiro do segundo andar — de manhã era onde todos tomavam banho, mas até à noite estava quase sempre vazio.

Judit Gold fumava pelo menos meio maço por dia, gastava toda sua semanada nisso. Mas Sara também dava suas tragadas três vezes por dia. Lili apenas acompanhava.

Sara sugava a fumaça profundamente, e ficava em estado de meditação.

— Poderíamos ir até a cidade à tarde. Consegui permissão.

Judit Gold estava sentada na beirada do chuveiro com as pernas para baixo.

— Pra quê?

— Poderíamos fazer finalmente uma foto de Lili para Miklós.

Lili, evidentemente, ficou surpresa.

— Deus me livre. Se me vê, foge para sempre.

Judith Gold sabia soprar argolas de fumaça perfeitas.

— Boa ideia. Uma foto de nós três para nos lembrarmos sempre disso aqui. Mais tarde.

Sara perguntou:

— Quando?

— Um dia. Quando estivermos em outro lugar. Quando formos felizes.

Esse comentário as fez refletir.

Depois Lili comentou:

— Estou horrível. Não precisamos de foto.

Sara bateu em sua mão.

— Você é doida, amiguinha, não horrível.

Judit Gold, enquanto acompanhava com o olhar as argolas

de fumaça até a brecha aberta do respiradouro, sorria de modo bastante sugestivo.

Meu pai se debruçou na cabine envidraçada do posto do correio. Falou em alemão para evitar qualquer mal-entendido.

— Gostaria de passar um telegrama.

A senhorita, que também usava óculos, olhou para meu pai, para encorajá-lo.

— Endereço?

— Eksjö, Utlänningsläger, Korungsgården 7.

A moça do correio começou a preencher rapidamente a papeleta.

— Texto?

— Duas palavras. Duas palavras húngaras. Vou soletrar.

Ela se ofendeu.

— Pode dizer tranquilamente.

Meu pai respirou fundo. Pronunciando sílaba por sílaba, disse de modo bem claro, em húngaro.

— "Sze-ret-lek, Li-li."

A senhorita balançou a cabeça. Língua complicada essa.

— Soletre.

Meu pai tentou letra por letra. Progrediam com calma, superaram as primeiras, mas depois empacaram. Meu pai, então, enfiou a mão atrás do vidro, pegou a mão da moça que tinha o lápis e tentou desse modo.

Não era fácil. No L maiúsculo a moça soltou o lápis com raiva, empurrou o papel em direção a meu pai.

— Escreva o senhor.

Ele riscou os garranchos e com aquela sua letra bonita escreveu em húngaro: *Eu amo você, Lili! Miklós.*

Empurrou o papel de volta.

A moça olhava sem entender o texto incompreensível.

— O que significa isso?

Meu pai vacilou um pouco.

— A senhorita é casada?

— Sou noiva.

— Ah, parabéns! Significa... significa...

Meu pai sabia perfeitamente como se traduzia para o alemão a frase mais linda e mais simples do mundo. Mesmo assim não queria confessar. A senhorita, enquanto isso, somou as palavras.

— São duas coroas. E então, vai me dizer?

De repente, meu pai se assustou. Ficou pálido, e disse bruscamente:

— Me devolva! Por favor, me dê isso!

A moça deu de ombros, empurrou de volta a papeleta sobre o balcão. Meu pai tomou o papel e o rasgou. Ele se sentiu um completo idiota e covarde. Assim, em vez de explicar, preferiu dar um leve sorriso, se curvar e sair correndo do correio.

Naquela noite, mais tarde, os rapazes enrolados em cobertores sentaram no mesmo lugar de sempre, em volta da mesa de madeira, sob a única lâmpada, onde o mato deu lugar ao concreto ao longo dos anos. O silêncio era sonolento e onírico. Encolhiam-se, de olhos fechados, ou fitavam abobalhados a parede vermelha de tijolos sem reboco.

Meu pai, em pé, encostado na parede, baixou as pálpebras. Como se dormisse.

Não mando novos poemas, apenas um soneto. Tenho um plano maior: estou revirando em minha cabeça a estrutura de um romance. É sobre doze pessoas — homens, mulheres e crianças, alemães, franceses e judeus húngaros, homens cultos e campesi-

nos — viajando num trem até um campo alemão. Da vida segura até a morte. Assim seriam os doze primeiros capítulos. Os próximos doze descreveriam o momento da libertação. Por enquanto, é uma coisa bastante crua, mas tenho muita vontade de fazer.

Pál Jakobovits, que não podia ter mais do que trinta anos, porém cuja mão tremia sem parar e os médicos não o iludiam mais sobre a possibilidade de cura, balançava na cadeira para a frente e para trás murmurando: "Meu querido Deus, ouça a minha prece, mande-me uma mulher, uma bela morena, e se não encontrar uma morena, pode ser uma loira, uma bela mulher loira...".

Tibor Hirsch, técnico de rádios elétricos e ajudante de fotógrafo, aguentou até agora. Sentado na outra ponta da mesa, passou a gritar com Jakobovits:

— Você é patético com essa sua prece!

— Eu rezo pelo que eu quiser!

— Você não é mais um adolescente, Jakobovits. Já passou dos trinta.

Jakobovits olhou para a mão. Segurou a esquerda com a direita, para tentar parar o tremor de alguma forma.

— Você não tem nada com isso!

— Um homem de trinta anos não fica suspirando por mulheres.

Jakobovits ergueu a voz.

— Então faz o quê? Bate punheta?

— Não diga coisas de mau gosto!

Jakobovits enfiou a unha no braço para parar o maldito tremor. Urrou.

— O que faz um homem de trinta anos, Hirsch?! Quero uma resposta!

Hirsch deu de ombros.

— Sufoca seus desejos. Pede bromo. Espera sua vez.

Jakobovits bateu com força na mesa.

— Eu não vou continuar esperando. Já esperei demais.

Levantou-se de um salto, correu para dentro da barraca.

Meu pai continuava em pé contra a parede com os olhos fechados, e o canto de sua boca estremeceu.

Lili, minha querida! Ai, se eu não tivesse vergonha, eu diria um terrível palavrão! É assim que direciono meus sentimentos, aqueles que fazem as meninas chorar. Impressionante como nos tornamos grosseiros nos campos... Gostaria muito de conseguir para você o livro de Auguste Bebel, A mulher e o socialismo — espero que dê certo.

Lili se encolheu sob o edredom e chorou. Já era mais de meia-noite. Sara acordou ao som dos gemidos, pulou da cama, levantou o edredom e começou a fazer carinho nos cabelos de Lili.

— Por que você está chorando?

— Só estou chorando.

— Sonhou com alguma coisa?

Sara se enfiou ao lado de Lili, e as duas olhavam o teto, como todas as noites. De repente Judit Gold apareceu.

— Cabe mais uma?

As duas moças escorregaram para o lado e Judit Gold deitou também. Lili perguntou:

— Quem é esse tal de Bebel?

Judit Gold fez uma careta.

— Algum escritor.

Sara sentou. Esse era o seu território e nessas horas punha pose de professora, quase sempre erguendo o dedo indicador.

— Não é "algum" escritor. É uma pessoa fantástica!

Lili enxugou as lágrimas.

— Parece que escreveu um livro. *A mulher e o socialismo*.

Judit Gold, que sempre se incomodava com a sabedoria de Sara e que tremia só de ouvir falar em temas de esquerda, declarou triunfal:

— Baseada no título, estou louca para ler o livro. Me segurem!

Sara continuou, sarcástica:

— Esse é o livro mais brilhante de Bebel. Eu aprendi muito com ele.

Judit Gold apertou o braço de Lili por baixo do edredom. E como nunca deixava que a derrotassem em questões literárias, abriu uma nova frente.

— O poeta continua enchendo a sua cabeça, não é?

— Vai me mandar esse livro. Assim que conseguir.

— Aprenda trechos dele de cor. Você vai impressioná-lo.

Sara continuava sentada e seu indicador apontava para o céu.

— Em *A mulher e o socialismo*, a questão central é que, na verdadeira sociedade, a mulher e o homem são sócios com direitos iguais. No amor, na guerra, em tudo.

Judit Gold sorriu com amargura.

— Bebel é um bobo. Nunca teve mulher. Dizem que tinha sífilis.

Sara ficou zangada. Muitas respostas giravam em sua cabeça, mas não sabia escolher a mais adequada. Assim, apenas se deixou cair na cama.

Estou ansiosa pelo livro. Sara já o leu uma vez, mas ficaria feliz em poder relê-lo.

Os moradores das barracas, assim que chegavam em Avesta, recebiam dois jogos e um tabuleiro de xadrez. Os jogos tinham explicações em sueco, mas eram tão simples que, depois de jogar uma vez, todos ficavam entediados.

Já o conjunto de xadrez era muito disputado. Quem jogava mais eram Litzman e Jakobovits, sendo que Litzman teria sido campeão da cidade de Szeged. Ele e Jakobovits jogavam por dinheiro e isso lhes conferia certa vantagem no uso do tabuleiro.

Litzman costumava narrar a partida. Erguia o bispo, dava uma volta com ele no ar enquanto escandia palavras.

— Vou aba-tê-lo! Vou sur-rá-lo! No xa-drez!

Jakobovits ficava refletindo por longos minutos. Como sempre, depois do desafio, mais pessoas os rodeavam. Nesse ambiente tenso, no silêncio que antecede o xeque-mate, uma palavra de Hirsch soou como um sino festivo.

— Viva!

O técnico de rádios elétricos e ajudante de fotógrafo sentou na cama e balançou a carta em sua mão.

— Ela está viva! Minha mulher está viva!

Os outros o observaram mudos.

Hirsch se levantou, olhou em volta, o rosto brilhava.

— Vocês entenderam? Ela está viva!

Saiu andando, caminhou entre as camas, com a carta que recebera havia pouco balançando acima da cabeça, como uma bandeira, e gritando:

— Ela está viva, viva, viva!

No começo, Harry se juntou a ele. Parou atrás de Hirsch, pôs as mãos nos ombros do amigo, e pegou o ritmo. Eles andavam em círculo entre as camas, repetindo como uma marcha:

— Ela está viva! Ela está viva! Ela está viva! Ela está viva!

Depois Fried, Grieger, Oblatt e Spitz também se juntaram. Era irresistível, uma joie de vivre capaz de varrer qualquer obstáculo. Meu pai também aderiu, e, em seguida, a fila era formada pelos dezesseis sobreviventes da barraca. Hirsch ia à frente, com a carta sobre a cabeça, e, atrás dele, todos os outros, por último Jakobovits e Litzman. Eram tantas voltas no quarto, sempre por novos caminhos, que parecia uma imensa cobra. Agarravam-se uns nos ombros dos outros, e logo descobriram que podiam saltar as camas, as mesas, até as cadeiras, apenas um ponto era fundamental, que não rompessem o ritmo.

— Ela está viva! Ela está viva! Ela está viva! Ela está viva! Ela está viva!

Hoje um de meus amigos, Tibi Hirsch, recebeu carta da Romênia. Escrita pela mulher dele: está viva e em casa. Eu falei com três pessoas que afirmaram com toda certeza de que a viram ser morta em Belsen...

Essa brincadeira coletiva triunfante e esplendorosa encurralou meu pai a atacar de vez a questão da viagem.

Ele sabia que Lindholm passava as quartas de noite no prédio principal, então vestiu um casaco sobre o pijama, atravessou correndo o pátio e bateu na porta da sala do médico.

Lindholm fez sinal para que meu pai sentasse, terminou de escrever, depois olhou para meu pai como quem esperasse. A sala era iluminada apenas pelo abajur da escrivaninha, o reflexo da luz terminava bem embaixo dos olhos do médico. Isso incomodava um pouco a meu pai.

— Eu gostaria de falar com o senhor sobre a alma, doutor.

O queixo e o nariz de Lindholm estavam iluminados:

— Isso é uma coisa estranha.

Meu pai jogou o casaco no chão. Sentava-se, com seu velho pijama listrado, como um santo da Idade Média.

— Às vezes, é mais importante que o corpo — disse.

Lindholm entrelaçou as mãos:

— Na semana que vem vai chegar um psicólogo...

— Não, eu queria conversar sobre isso com o senhor. Já leu *A montanha mágica*, doutor?

Lindholm se recostou, e com isso seu rosto sumiu de vez na escuridão. Virou um homem sem cabeça.

— Eu li.

— Estou um pouco como Hans Castorp. Aquela nostalgia disforme... que sinto pelas pessoas saudáveis... também dói...

— É compreensível.

Meu pai se inclinou para a frente.

— Me dê a permissão! Por favor.

— Como chegamos a isso?

— Se eu pudesse viajar... para ver a minha prima, apenas por um dia, se pudéssemos fazer de conta que eu me curei...

Lindholm interrompeu.

— Isso é uma obsessão, Miklós. Eu peço encarecidamente que abandone essa ideia!

— Qual?

Lindholm deu um salto, saindo completamente do círculo de luz.

— Essa sua mania de querer viajar! Essa sua teimosia! Retome o juízo!

Meu pai também deu um pulo. Ele também gritava.

— Estou no meu perfeito juízo! Quero viajar!

— Mas vai morrer! Logo vai morrer!

O diagnóstico veemente e definitivo de Lindholm pairava sobre eles como uma ave de mau agouro. Meu pai via apenas as duas pernas bem iluminadas do médico, vestidas com calças, portanto o veredito poderia ter ficado de fora também.

No silêncio que se instalou, só se ouvia a respiração acelerada de ambos.

Lindholm, envergonhado, virou em direção ao armário, abrindo e fechando sua porta.

Meu pai permanecia em pé, pálido.

Lindholm passou a falar em sueco, repetindo baixinho.

— Desculpe. Desculpe. Desculpe.

Afinal, abriu o armário, tirou uma pasta, dirigiu-se à luz do raio X e a acendeu. A sala foi inundada pela luz fria e estéril. O médico pôs os exames contra o vidro. Todos os seis. Não se virou, não procurou o olhar de meu pai.

— Na verdade, onde sua "prima" é tratada?

— Em Eksjö.

— Tire a parte de cima do pijama. Vou auscultá-lo.

Meu pai jogou a camisa do pijama no chão. Lindholm pegou o estetoscópio.

— Respire. Mais fundo. Um-dois, um-dois.

Estavam parados um diante do outro, mas não se olhavam. Meu pai se empenhava na respiração. Lindholm ouvia longamente, como se apreciasse uma música vinda de longe, do éter. Depois, disse com calma:

— Três dias. Despeça-se dela. Como médico, o que penso sobre isso... Tanto faz o que eu penso... — Fez um gesto com as mãos.

Meu pai vestiu o pijama:

— Obrigado, doutor.

Lili, agora é preciso que seja rápida e esperta. Vamos driblar a Lotta! Preciso de uma declaração em sueco, de seu médico, em

*que ele apoie minha visita do ponto de vista da sua saúde. Eu
consegui convencer o meu médico!*

Lindholm, incomodado, mexia em seu estetoscópio. Na luz
íntima e misteriosa da sala, tirou a carteira do bolso.

— Esqueça-a. É isso que aconselho como seu médico. A
alma... Às vezes é melhor enterrá-la.

Guardou os exames num envelope. Desligou a luz do aparelho, em seguida puxou da carteira uma foto pequena, de alguns
centímetros, muito manuseada e amassada e a estendeu a meu pai.

Na fotografia, uma menininha loira estava em pé em frente
a uma parede, com uma bola na mão, e olhava desconfiada para
a lente.

— Quem é ela, doutor?

— Minha filha. Era. Morreu. Acidente de automóvel.

Meu pai nem ousou se mexer. Lindholm passava o peso do
corpo de um pé para o outro, o piso estalava. Sua voz ficou rouca.

— A vida às vezes castiga a gente.

Meu pai alisava o rosto da menina com o polegar.

— Do meu primeiro casamento. Jutta. Márta contou ao senhor a segunda parte de nossa história. Essa é a primeira.

Lili e suas amigas organizaram outra noite de atrações, dessa vez mais longa. Na sala cultural do térreo, Sara cantou oito
músicas, acompanhada por Lili ao piano. Duas músicas húngaras, um Schumann, dois Schubert e também experimentaram
operetas.

Os soldados e as enfermeiras aplaudiram as moças ruidosamente. Depois de cada número, Lili e Sara se curvavam com
graça e simplicidade. Para Lili, foi uma honra especial que o dr.
Svensson também tivesse vindo. Estava sentado no centro da pri-

meira fila com uma menina que parecia ter três anos no colo, e depois de cada número batia com força com os pés no chão.

No final da noite parabenizou Lili, que estava um pouco escondida ao lado do piano. A moça olhava avidamente a criança, que não se impacientou, não adormeceu, pelo contrário, claramente tinha ficado feliz com a apresentação.

— Posso pegá-la no colo?

Svensson entregou a menina. Lili a apertou contra o seu corpo e a criança riu.

Enquanto isso, na plateia, os soldados rodearam Sara. Não precisaram insistir muito para que ela cantasse mais uma música, e ainda por cima, a cappella. Sara escolheu uma canção popular húngara. Embora os soldados não entendessem uma única palavra, lágrimas brilharam no canto dos olhos de alguns deles.

A música também tocou Lili, que foi tomada por algum tipo de tristeza.

Há alguns dias, fui à cidadezinha à noite, e vaguei sozinho na rua coberta de neve.

O tempo estava cinza. Meu pai se cansou ao chegar ao final da pequena ladeira, não conseguiu mais pedalar. Empurrou a bicicleta por cerca de vinte metros e parou.

As janelas da casa não tinham cortinas. De onde meu pai estava parado, ao lado da cerca, era possível olhar dentro do quarto. Era como um quadro vivo do século passado. O homem lia, a mulher estava sentada em frente à máquina de costura. Em um pequeno berço de madeira, entre os dois, uma criança pequena estava deitada e, de onde estava, meu pai conseguia ver que ela revirava uma boneca nas mãos, e ria com sua boca ainda sem dentes.

Não havia cortina na janela: eu conseguia ver o interior de uma pequena casa de um trabalhador... Eu me sinto cansado. Vinte e cinco anos e tanta, tanta coisa ruim. Eu não tenho como me lembrar de uma bela vida familiar harmoniosa: não faz parte de minha história. Talvez seja por isso que eu procure por uma tão desesperadamente... Depois, fui embora depressa, não queria continuar olhando aquela cena...

8.

Lili apenas abraçava, abraçava a filhinha do dr. Svensson. Sara, ainda cercada pelos soldados emocionados de pijamas, continuava cantando: *"Darumadár fenn az égen hazafelé szálldogál, Vándorbottal a kezében a cigánylegény meg-megáll…"*.*
O dr. Svensson encostou no braço de Lili.

— Recebi uma carta do acampamento masculino de Avesta. Um colega me escreveu, o diretor clínico. Ele tem uma esposa húngara.

Lili corou. Gaguejou alguma coisa.

— Sim…

— É sobre o seu primo.

— É mesmo?

— Nem sei como contar. É uma carta embaraçosa.

A criança de repente ficou muito pesada para Lili. Colocou-a no chão com cuidado.

---

* "O corvo, lá no céu, vai voando para casa. Com seu cajado na mão, o rapaz cigano faz uma pausa…" (N. T.)

— Tínhamos planejado que me visitaria.

O médico pegou a mão da jovem. Balançava a cabeça.

— É sobre isso. Eu concordo. É claro que dou a permissão.

Lili deu um grito, agarrou a mão do médico para beijá-la. Ele mal conseguiu soltá-la.

Embaixo, na plateia, Sara cantava: *"Ha még egyszer hamarjában veled együtt lehetnék, Violaszín nyoszolyádon oldaladhoz simulnék…".*[*]

Svensson escondeu o braço atrás das costas.

— Mas a senhorita precisa saber de uma coisa.

— Sei de tudo!

Svensson inspirou fundo.

— Não, isso a senhorita não sabe. O seu primo está gravemente doente.

Lili sentiu um pequeno aperto no coração.

— É mesmo?

— Pulmão. É grave. Irreversível. A senhorita entende isso?

— Entendo.

— Eu tinha dúvidas se deveria lhe contar. Mas trata-se de um familiar. É preciso que saiba. Não é contagioso.

Lili acariciou o cabelo loiro da menininha.

— Entendo. Não é contagioso.

Sara, lá embaixo, terminou a canção, de repente havia silêncio. O único som era o cantarolar da filha de Svensson, que soava como um eco longínquo, cada vez mais fraco.

Svensson colocou o dedo indicador sobre a boca da criança. O eco também se foi.

— A senhorita, querida Lili, cuide-se. A senhorita também não está bem. Ainda não está nada bem.

A boca de Lili secou, não conseguiu responder.

---

[*] "Se puder estar com você mais uma vez, em seu sofá lilás, me aninharei ao seu lado…" (N. T.)

* * *

Embora tentasse disfarçar, na verdade o diagnóstico de Lindholm incomodava meu pai. Não que acreditasse nele, mas gostaria de acrescentar a opinião de um especialista. Por isso pediu a Jakobovits, que em tempos de paz fora assistente cirúrgico em Miskolc, para que avaliasse as chapas de raio X. Isso significava que seria preciso invadir a sala de Lindholm. Harry se juntou a eles animado, ele sempre concordava com tudo em que sentisse o gosto agridoce de aventura.

O estreito corredor do prédio principal era iluminado à noite por uma lâmpada amarela. Meu pai, Jakobovits e Harry, os três espíritos malignos, se esgueiravam em direção à sala de Lindholm. Por baixo do casaco, usavam pijama.

Harry já tinha nas mãos o pedaço de arame. Mais de uma vez ele se gabara de que, antes da guerra, por pouco tempo, pertencera a um grupo que saqueava oficinas. Segundo dizia, era especialista em abrir fechaduras e cadeados.

Mexeu longamente na fechadura. Meu pai já se arrependera de tudo. Olhava para o que estavam fazendo e por um triz não caiu na gargalhada. Porém, Harry conseguiu, enfim, abrir a porta, e então entraram rápido na sala.

Agiram como um pelotão militar bem treinado. Meu pai sinalizou a Harry de qual armário se tratava. Agora Harry mexia com seu arame nessa porta do armário.

Não tiveram coragem de acender a luz, mas naquela noite a lua estava cheia, a sala de Lindholm estava inundada por uma luminosidade fosforescente. Os três homens sentiam-se heróis de contos de fadas.

O trinco abriu. Harry resolvera também a questão do armário. Meu pai foi rápido e correu os dedos pelas pastas, lembrava--se de que a sua ficava em algum lugar no meio. Encontrou-a e deu um imenso suspiro. Retirou a chapa de raio X e a estendeu para Jakobovits.

O assistente cirúrgico se acomodou confortável na poltrona de Lindholm e, erguendo os exames contra a luz da lua, passou a examiná-los.

De repente a porta se abriu com violência e a sala foi invadida por trezentos watts de luz.

Márta, a enfermeira-chefe, esposa de Lindholm, estava parada à porta, seus minúsculos seios subindo e descendo.

— O que os srs. pacientes fazem aqui?

Os srs. pacientes, de pijamas listrados sob os casacos, levantaram-se de um salto. Os exames de raio X caíram da mão de Jakobovits. Não houve resposta, a situação falava por si mesma. Márta acrescentou à muda pantomima, como tempero, uma caminhada lenta até os exames espalhados no chão, recolhendo-os um a um.

Apenas depois disso, virou-se para a elegante plateia.

— Podem ir.

Os homens giraram sobre os calcanhares e saíram em fila, como gansos.

Márta ordenou a meu pai que ficasse:

— O sr. Miklós fica.

Quase era possível ouvir o alívio dos outros dois. A porta se fechou atrás deles.

Meu pai se virou com o olhar mais arrependido que conseguiu. Márta já reinava na poltrona de Lindholm.

— Qual a sua curiosidade?

Meu pai gaguejou.

— Meu amigo, Jakobovits, é tipo um médico... Foi, antes... Então eu queria que ele fizesse uma avaliação.

— Erik não fez uma avaliação para o senhor?

Meu pai olhava para as botas, das quais pendiam os cadarços desamarrados.

— Sim. Fez a minha avaliação.

Márta o observou durante tanto tempo que meu pai se viu obrigado a devolver o olhar. Depois, ela balançou a cabeça, como quem entendeu a mensagem, entendeu e compreendeu tudo. Levantou, pôs os exames de volta no envelope. A pasta foi encaixada entre as outras, de volta à ordem alfabética, e fechou a porta do armário.

— Erik faz tudo pelo senhor. O senhor é seu paciente favorito.

— Toda madrugada a febre sobe. Trinta e oito ponto dois.

— Hoje, a cada semana surgem novos medicamentos no mundo. Alguma coisa pode aparecer.

De repente, algo se rompeu em meu pai. Aconteceu tão depressa, que ele não teve tempo de se virar. Foi tomado por algo que o varreu com a força de um terremoto. Envergonhado por não poder se proteger, caiu no chão e enterrou o rosto nas mãos. Chorava convulsivamente.

Márta, discretamente, se virou.

— O senhor passou por coisas horríveis. Sobreviveu. Sobreviveu, Miklós! Não entregue os pontos agora, na reta de chegada!

Durante um bom tempo meu pai não conseguiu responder. Não chorava mais, gemia como um animal ferido. Tentava formar palavras que fizessem sentido, mas era como se os órgãos responsáveis pela fala o houvessem abandonado.

— Não vou me entregar.

Márta o olhava com grande tristeza. O homem estava encolhido no chão, cobrindo a cabeça com os braços. A enfermeira deu um passo em sua direção.

— Está bem. Agora recomponha-se um pouco.

Deram tempo um ao outro. Meu pai agora estava em silêncio, mas se escondia atrás dos braços, encolhendo-se ainda mais. Afinal conseguiu falar.

— Sim, senhora.

Márta se agachou a seu lado.

— Olhe para mim, Miklós.

Meu pai levantou o rosto entre os cotovelos ossudos. Em seguida, Márta lhe deu instruções com sua voz neutra e profissional.

— Respire fundo.

Meu pai tentou respirar regularmente. A enfermeira dava as coordenadas.

— Um-dois. Um-dois. Mais fundo. Devagar.

O tórax de meu pai subia e descia. Um-dois. Um-dois.

— Devagar. Mais fundo.

Minha queridíssima, pequena Lili, não sou idiota, sei que a doença que me mantém aqui vai sumir aos poucos. Mas conheço meus pares. Sei com que terrível piedade dizem: é o pulmão...

No jardim do hospital militar de Eksjö havia um pavilhão de música. Redondo, aberto, elegante e gracioso, tinha colunas brancas sustentando seu telhado de madeira verde-escuro. Em novembro, apenas folhas voavam impulsionadas pelo vento gelado. Lili, que durante a semana não podia sair do hospital, fugia para lá. Quando já não aguentava mais o cheiro do prédio, corria para o pavilhão. Nos melhores dias, apoiava as costas numa das colunas e sentia o sol no rosto.

Mas agora sopravam ventos hostis. Lili e Sara apenas andavam ao redor das colunas sem parar, como se possuídas, em seus grossos casacos de lã.

Meu querido Miklós, estou muito zangada com você! Como pode um rapaz sério, inteligente, de vinte e cinco anos, ser tão tolo? Não é o suficiente que eu esteja completamente informada sobre sua doença e mal veja a hora de você vir?

Em um fim de tarde, chegaram em Avesta dois homens de terno e gravata, que foram encaminhados diretamente ao acampamento húngaro. Eram funcionários da embaixada húngara. Ergueram um rádio para o alto, amarrado com uma fita. Um deles discursou.

— Esse aparelho foi emprestado aos senhores pela fábrica Orion, da Hungria. Por favor, usem-no com cuidado!

Em nome da barraca, Tibor Hirsch recebeu o rádio.

— Agradecemos muito! Para nós, as palavras que nos chegam de casa são melhores do que nossos remédios.

Acomodaram a caixa sobre uma mesa, meu pai procurou uma tomada e Harry ligou o rádio. O olho mágico verde brilhou e ouviram o som de um chiado. Um dos homens de terno deu a ordem.

— Procurem Budapeste!

Em menos de um minuto, o rádio passou a falar em húngaro.

— Queridos ouvintes, são dezessete horas e cinco minutos. O delegado do governo para repatriamento, Sándor Millok, envia a seguinte mensagem para os húngaros no exterior: "Todos os húngaros que ouvem esta transmissão de algum lugar do mundo precisam saber que estamos junto com vocês, que não os esquecemos. Nos próximos minutos vou informar a vocês e a todos os ouvintes húngaros sobre as providências que estamos tomando para facilitar os despachos dos compatriotas desejosos de retornar".

Tarde da noite os rapazes sentaram no pátio, puseram o rádio sobre a mesa de madeira, puxaram um fio para poder ligá-lo. Ventava forte, a lâmpada pendurada sobre eles projetava uma luz espectral. Os moradores das barracas tinham criado o hábito de passar meia hora ao ar livre antes de se deitarem. Mas o rádio já estava tocando havia seis horas sem parar. Vestiam sobre o pijama malhas, casacos, enrolavam-se em cobertores e quase tentavam entrar no aparelho. O olho mágico verde piscava como se fosse um duende.

Transmitiam justamente o discurso do senador americano Claude Pepper, de Washington. O locutor sussurrava sua tradução mais ou menos a cada cinco frases. Em seguida, vieram as notícias de Budapeste. As informações, fofocas e pedaços de notícias que ouviram nas últimas horas giravam em suas cabeças como o vento gelado ressurgindo do polo Norte.

Na Estação Leste chegara o segundo trem trazendo presos de guerra.

Foi inaugurada a ponte flutuante da praça Boráros.

A formatura do primeiro batalhão feminino da polícia civil foi bem-sucedida.

Um concurso de habilidades para garçons aconteceu na avenida Circular.

Em Vasas, no segundo campeonato de pugilismo, o desafiante Mihály Kovács bateu Rozsnyói, de Csepel, com um único golpe de direita.

O domingo chegou. O carro cinza-escuro de Björkman fez a curva e parou em frente ao hospital. Lili, que já os esperava na portaria, entrou e sentou no banco traseiro.

Depois da missa foram para a casa em Smålandsstenar e se sentaram para o almoço festivo. Sven Björkman abençoou a mesa. Enquanto a sra. Björkman servia a sopa, o chefe da família reparou com satisfação que sobre o peito de Lili brilhava a cruz de prata, com a qual a haviam presenteado. A conversa era curta por causa da barreira linguística. O papeleiro perguntou, em sueco:

— Ainda não tem notícias de casa, Lili?

Lili não levantou o rosto. Entendia todas as palavras. Balançou a cabeça.

Björkman sentiu compaixão.

— Sabe o quê? Conte alguma coisa sobre o seu pai!

Lili encolheu os ombros. Como saberia?

Björkman achou que o problema de Lili era com a língua. Com a ajuda da colher, como um maestro, fez um esforço para se explicar.

— Seu pai! O SEU PA-PAI! Pai. Papai. Entendeu?

Lili balançava a cabeça. Com relutância, respondeu:

— Não sei alemão tão bem...

Björkman não desistiu.

— Não faz mal! Conte em húngaro! Nós ouviremos! Acredite, vamos entender! Apenas conte alguma coisa sobre ele. Em húngaro! Vamos, comece.

Parecia impossível. A colher tremeu na mão de Lili. Porém, os Björkman olhavam para ela com expectativa. Mesmo as duas crianças. Lili limpou a boca com o guardanapo e deixou cair as mãos no colo. Olhou para a cruz sobre sua malha. Começou baixinho, em húngaro.

— O meu pai, o meu doce e querido papai tem olhos azuis. Seus olhos são tão azuis que iluminam. Ele é a melhor pessoa do mundo.

A família Björkman ouvia extasiada. O papeleiro estava sentado meio de lado na cadeira com a cabeça inclinada e sem se mexer, como se estivesse enfeitiçado pela musicalidade dessa língua distante e desconhecida. O que estaria entendendo dessa melodia?

— Meu pai não é alto, mas também não é baixo. Gosta muito de nós. Sobre sua profissão, é agente comercial. Ele vende malas.

Todas as segundas de manhã bem cedo, Sándor Reich, papai, vendedor de malas, vai se arrastando pela rua Hernád, carregando em cada mão imensos baús para navios da marca "Vulkan", dentro dos quais, como camadas de uma cebola, se escondiam malas cada vez menores, umas dentro das outras, às dúzias.

Essa imagem desabou sobre Lili de tal modo, que ela era capaz de ver a sombra que seu pai projetava sobre as casas à luz do sol outonal, sem nem mesmo fechar os olhos.

— Durante toda a semana meu pai faz negócios no interior. Mas no final da semana, ele sempre volta para casa, às sextas-feiras... Moramos perto da estação de trem Oeste, alugamos casa lá de propósito. Segunda de manhã ele parte a pé com sua coleção. Pela rua Hernád, até a estação de trem. Na sexta, ele está de volta. Nós ficamos à sua espera...

As palavras, sem nenhuma dificuldade especial, fizeram Lili voar de volta para o passado. Lá estavam, sentados em torno da mesa posta, toda enfeitada, na rua Hernád, papai, mamãe e Lili, uma menina de oito anos. Na ponta da mesa havia alguém entronado, um homem de barba, com um casaco muito velho abotoado, para que ninguém visse sua camisa velha e manchada e a calça rasgada. Antes, o pai havia tentado arrancar o casaco dele, mas desistiu. O estranho, com unhas imundas, ficava mexendo no saleiro, incomodado.

— Sexta-feira à noite sempre temos um jantar especial. E toda sexta, meu pai convida um judeu pobre para o jantar. É assim que ele dá as boas-vindas ao sábado. A pessoa pobre ele encontra quase sempre na região da estação de trem e a convida para nossa casa.

Foi como se Sven Björkman tivesse entendido. Uma lágrima

dançava no canto de seus olhos, mas ele não se mexeu, apenas se encolheu na cadeira, na mesma posição. No rosto de sua mulher, um sorriso estático se estampou, e até as duas crianças prestavam atenção de olhos arregalados, entre colheradas.

— É assim que nossa família passava a ser de quatro pessoas toda sexta à noite...

Lili não teve coragem de olhar para a cruz que pendia de seu pescoço.

À noite, durante o longo caminho que levava a Eksjö, a sra. Björkman explicou a Lili o intrincado processo de adoção na Suécia. Não a incomodava muito que tivesse podido adivinhar o tema do emocionante monólogo da jovem apenas pela entonação. Ela, de qualquer modo, se sentia mais leve por finalmente poder expressar o assunto que planejava havia semanas com Sven.

Lili já desaparecera havia tempos por trás da porta dupla de madeira do hospital, e os Björkman ainda lhe acenavam, encostados no automóvel.

Meu querido Miklós, não se esqueça de sua promessa: procure um parceiro para Sara, minha melhor amiga! Sara é mais velha do que eu, fez vinte e dois anos agora...

Meu pai correu pelo curto caminho até a portaria do acampamento movido por uma torturante privação de nicotina. Não bateu na porta, entrou direto. Frida e Harry se separaram.

Meu pai gaguejou.

— Eu só queria cigarros...

Frida fez um volteio para sair do colo de Harry, nem abotoou a blusa, deu uns passinhos até o armário, tirou uma caixa.

No escaninho de madeira, havia cigarros de várias marcas desembrulhados. Frida deu uma risadinha, seus fartos seios brotaram da blusa.

— Quantos?

Meu pai se envergonhava também por ela. Apenas mostrou que queria quatro. Frida lambeu dois dedos, retirou quatro cigarros. Enquanto isso, meu pai remexeu nos bolsos atrás de moedas. Trocaram.

Harry abraçou Frida por trás, beijou seu cangote.

— Dá pra ele de graça, querida. É meu melhor amigo. É a ele que eu devo ter ficado potente de novo.

Frida olhou coquete para meu pai, deu de ombros, devolveu o trocado.

Estou com um grande problema com relação ao seu pedido. Somos dezesseis húngaros aqui, mas nenhum deles é do tipo que eu escolheria para Sara. Por exemplo, eu ia levar Harry comigo, mas não quero mais...

Em Eksjö, depois do sucesso da última apresentação, as noites de cantoria proliferaram. Svensson permitiu que Lili e Sara perdessem metade do descanso da tarde. Às duas horas da tarde, as duas moças se trancavam no salão de eventos e ensaiavam. O médico até arranjou partituras para elas.

Uma dessas partituras emprestadas continha uma grande variedade de obras de Leoncavallo. Naquela semana apresentaram para a plateia uma de suas canções mais conhecidas, a "Mattinata". A voz de soprano de Sara com essa música romântica, sublime, com impostação potente, elevou-a ao céu. Encantada, estendia os braços. Lili também aderiu a esse estilo exagerado, batia nas teclas a partir do alto, como um falcão. Agora realmente lamentavam não ter uma vestimenta apropriada. Na verdade, não tinham nenhuma roupa para ocasiões mais formais, por isso preferiam aparecer com o roupão do hospital, que mal cobria as camisolas.

Judit Gold estava sentada entre os soldados, em uma fila em que era a única mulher. Com o corpo ereto, o peito estufado de orgulho; sentia-se bem sendo húngara.

L'Aurora, di bianco vestita,
*Già l'uscio dischiude al gran sol**

Devia haver algo na atmosfera naquele momento, pois, na mesma noite, a trezentos e setenta e sete quilômetros ao norte, em Avesta, o bom humor também corria solto.

Sem que soubessem dessa surpreendente simetria, por sugestão de Jenö Grieger e acompanhados por sua guitarra, começaram a cantar justamente a ária de Leoncavallo. Como se um maestro celestial tivesse dado o sinal e seus arautos tivessem mobilizado o coro a cantar a mesma canção. De qualquer modo, na barraca, um pouco desafinados mas aos berros, em italiano e livres, ressoava a "Mattinata".

Os soldados de Eksjö conseguiam resistir cada vez menos à força mobilizadora da música. A plateia era um sorriso só. Sara ergueu os dois braços, Lili também quase flutuava sobre o banco do piano.

Os rapazes na barraca, entusiasmados, subiram nas camas e nas mesas. Harry se pôs ao lado de Grieger como um maestro.

Ove non sei la luce manca
*Ove tu sei nasce l'amor!***

---

* "A aurora, vestida de branco,/ À luz do sol, se escancara toda." (N. T.)
** "Onde não estás, falta luz/ Onde quer que vás, nasce o amor!" (N. T.)

Meu pai estava na primeira fila, inundado pelo calor, e via o futuro como algo maravilhoso. Afinal, a "Mattinata" era o hino do amor, e ele sentia, com toda a razão, que os outros festejavam a *ele* com essa canção.

Estou mandando o material para a malha, junto com as medidas. Você não fica zangada?

Meu pai, durante os telefonemas com Lili, já fazia alusões ao fato de que, graças a um tio cubano, era mais abastado do que os outros moradores do acampamento. O irmão da mãe de meu pai, Henrik, inscreveu seu nome na lenda familiar, em 1932, por ter roubado as joias da família e emigrado para Cuba. Ele não sentia nem um pingo de remorso e, assim que chegou a Havana, mandou um cartão-postal para a família, em Debrecen, no qual falava com grande entusiasmo das maravilhas de seu novo lar.

Quando criança, meu pai olhava com frequência a fotografia em preto e branco que eternizava o porto de Havana numa tarde chuvosa, cheio de gente. O rosto do tio Henrik só aparecia em sua memória embaçado. Via um bigode atrevido enfeitando seu rosto e olhos eternamente brilhantes, e às vezes pensava que ele usava óculos pequenos, mas isso meu pai não seria capaz de jurar.

No cartão-postal de Havana, que os membros da família mostravam horrorizados uns aos outros, como a prova da imperdoável traição, via-se um navio com três chaminés ancorado no porto e, junto a ele, uma aglomeração de carros da marca Ford. Alguns carregadores magros e passantes desocupados olhavam para dentro da lente da câmera; era fácil associá-los ao futuro do tio Henrik.

Mas não passava pela cabeça daquele tiozinho nada santo

ser carregador. Na verdade, em uma nova fotografia que enviou alguns anos depois, claramente com a intenção de provocar até o fim a inveja familiar, Henrik abraça uma mestiça e, em torno deles, brincam cerca de uma dúzia de crianças.

Henrik e a mulher de rosto largo estão em pé numa varanda de madeira, o homem tem um charuto na boca, e no verso escreveu a seguinte frase, com letra oscilante: "Estou bem, sou sócio numa plantação de cana de açúcar".

Meu pai, quando foi tomado pela febre de escrever cartas, imediatamente se lembrou do tio como uma possibilidade de fonte de renda. Na base do "seja lá o que for" escreveu a ele que sobrevivera à Grande Guerra europeia e que agora estava sendo tratado na Suécia. Uma imagem flutuava diante dele, como uma visão. Ele sonhara muitas vezes com Cuba na adolescência, quando no quintal do Gambrinus folheava um álbum editado nos anos 1920. Seu tio Henrik, nessa fotografia imaginada, balançava numa rede na infame varanda. Engordara muito, poderia ter cerca de cento e vinte quilos. O pátio, na visão de meu pai, ficava no alto de uma montanha, com vista para o mar.

Se tio Henrik vivia assim, ou talvez com mais luxo ainda, não sabia. O fato é que jamais respondeu com uma linha sequer à carta de meu pai, mas três semanas depois recebeu um aviso de remessa resgatável com identidade. Ele mandara oitenta e cinco dólares.

Esse passou a ser o capital de meu pai.

Com o dinheiro comprou a lã mais feia do mundo numa lojinha de um velho que cheirava a vinagre, no mesmo dia que o dinheiro chegara de Cuba. Depois disso, o dono da loja dos quatro novelos de lã cor de lama tomou providências para colocar o anúncio de Lili no jornal húngaro *Világosság*, cujo texto comovente foi ele próprio quem escreveu. Lili procurava, assim, encontrar sua mãe desde a Suécia.

Não se pode considerar como doação do principado de meu pai as três bombas de chocolate que ele comprou numa doceira de Avesta, onde pediu que as embrulhassem num pacote elegante, amarrado com fio dourado. O maior investimento foram os três metros e meio de lã para a confecção de um sobretudo, que, trêmulo, demorou muito para escolher por insegurança na única lojinha da cidade que vendia tecidos.

Finalmente estava pronto para viajar.

9.

Meu pai viajou um dia inteiro. Fez várias baldeações. Esteve em diversos tipos de compartimentos, às vezes perto da janela, às vezes — porque não encontrava outro lugar — espremido contra a porta de passagem. Uma ou outra vez conseguiu, com grande habilidade, tirar o grosso e volumoso capote de inverno, dobrá-lo e colocar sobre os joelhos. Nessas ocasiões, por causa do calor da cabine, seus óculos ficavam embaçados e então pescava no bolso da calça o lenço que ganhara de Lili, para limpá-los. Tomava muito cuidado com o pacote de doces. Em cada compartimento procurava um lugar seguro para o elegante embrulho — para que não ficasse amassado!

Às vezes dava uma adormecida e quando despertava, assustado, olhava pela janela. As estações passavam voando: Hovsta, Örebro, Hallsberg, Motala, Mjölby.

Um pouco depois dessa última estação, ao entrar em uma cabine, meu pai escorregou e caiu no chão. Aconteceu uma coisa horrível, a lente esquerda de seus óculos quebrou em pedacinhos.

*Viajei para Estocolmo para resolver pessoalmente no Comitê
Utlänning as passagens de trem. Sabe o quê? Beijos,*
Miklós

No corredor há duas reentrâncias. Uma delas é mais aconche-
gante. Sob uma enorme palmeira artificial podemos ficar sentadi-
nhas o dia todo sem incomodar ninguém. Então, um beijo,
Lili

*Vou querer dizer uma coisa na primeira noite em que estiver
aí, um segundo antes de nossa primeira despedida! Não no estilo
"então, um beijo", eu a beijo muito e com força,*
Miklós

Entre as coleções de Sara há ainda uma canção que você
certamente conhece: a "Marcha do trabalhador chinês". Espero
você ansiosamente! Até a vista, muitos beijos,
Lili

Fico contente pela reentrância no corredor, pois não gosto de
conversar no palco. Em pensamento, aliso seu cabelo (você deixa?)
e muitos beijos,
Miklós

Acordei de manhã com o olho esquerdo coçando. Eu disse a
Sara, isso é um bom sinal! Até a vista, o quanto antes, eu o beijo,
Lili

Chego no dia 1º, às 18h17! Com amor, beijo-a muito, muito,
Miklós

No dia 1º de dezembro havia uma nevasca em Eksjö. Na estação da pequena cidade, a plataforma e os trilhos ficavam a céu aberto, havia partes cobertas apenas na frente do edifício principal.

Dos três comboios da composição ferroviária estacionada, apenas um viajante desceu: meu pai. O modo como caminhava, com dificuldade, não fazia pensar num donjuán. Tombava um pouco de lado por causa do peso da mala. A mala era bem gasta e fora emprestada por uma das chefes de Márta. Ainda por cima, por segurança, estava amarrada com um barbante. Na mão direita, equilibrava com extremo zelo as três bombas de chocolate.

Lili e Sara o esperavam diante do edifício principal. Lili apertava com mãos crispadas a da amiga. Atrás das duas moças, estava uma enfermeira designada por Svensson para acompanhar suas pacientes até a estação, vestindo uma longa pelerine preta até o chão.

Meu pai percebeu o comitê de recepção já de longe e, encabulado, sorriu. Não foi um trejeito muito feliz. A luz pálida da plataforma fez a prótese de metal em seus dentes faiscar.

As duas moças, assustadas, se olharam, depois, envergonhadas, se viraram de novo para a plataforma.

Meu pai se aproximava em meio à grossa cortina de neve. Agora já se via que a lente esquerda de seus óculos, no desespero de meia hora antes, fora coberta por ele com jornal. Deixou uma pequena fresta para poder enxergar um pouco também com o olho esquerdo. A área restante continha um pedaço do jornal do dia. Meu pai se aproximava na plataforma coberta de neve, o sobretudo emprestado, dois números maior do que ele, se enroscava em seus tornozelos, e parecia estar lacrimejando, talvez por causa do frio, talvez de emoção. Isso era perceptível a alguns metros em seu olho direito, por trás da grossa lente dos óculos. Na boca, um grande sorriso, com os dentes de metal.

Lili estava realmente aterrorizada. Ela ainda tinha um tempinho, uns cinco segundos, antes que pudesse ser ouvida. Com a boca fechada, como uma pessoa paralisada, cochichou de lado:

— Eu dou ele pra você! Vamos trocar!

E quando meu pai estava a apenas três metros delas, soltou uma súplica bem baixinho:

— Eu imploro! Seja você a Lili!

A enfermeira atrás do pequeno grupo, sensibilizada, percebeu que o magro rapaz com o casaco engraçado era aquele que chegava para as suas pacientes, e que ele cuidadosamente soltara sua mala velha na neve.

Meu pai estava preparadíssimo para o encontro mais importante de sua vida. Formatara um pequeno discurso de apenas três frases, mas impactante, composto de palavras que provocassem efeitos mágicos. Ao longo de sua viagem infinita e agradável, nas cabines tórridas e abafadas, repetiu inúmeras vezes o texto, às vezes mentalmente, às vezes falando rápido, outras com cadência lenta e pomposa. Agora, no entanto, tomado pela sensação de felicidade, simplesmente emudecera. Como se tivesse esquecido o próprio nome, apesar de que só o que o impedia era não conseguir fazer o ar passar por suas cordas vocais. Por isso apenas estendeu a mão, mudo.

Sara olhou suas mãos. Elas, pelo menos, eram bonitas. Dedos compridos, palma graciosa. Sara agarrou-a, decidida.

— Lili Reich.

Meu pai apertou a mão de Sara com força. Depois, se virou para Lili. A jovem sacudiu a mão rápido e com veemência, e se apresentou com uma voz sonora.

— Eu sou Sara Stern, amiga da Lili.

Meu pai só tinha aquele sorriso arreganhado, meio irônico, com aqueles inúmeros dentes de metal. Não conseguia se manifestar, estava condenado à mudez.

Continuavam em pé.

Finalmente, meu pai deu o pacote com doces para Lili. A enfermeira deu um salto à frente e tomou as bombas de chocolate da mão da moça. Ela as levaria! Olhou para meu pai com gentileza e ordenou:

— Vamos!

Então partiram. Sara, depois de hesitar um pouco, enganchou o braço em meu pai. Lili, com olhos baixos, se juntou a eles. Por um segundo, lhe ocorreu que ela também poderia dar o braço, do outro lado, mas depois considerou o gesto muito íntimo. O grupo era fechado pela enfermeira, com seu chapéu marcante, pontudo, levando nas mãos o elegante pacote da doceria.

A neve caía em flocos sem parar.

Para chegar ao Hospital Militar, tinham que passar por um imenso parque. Davam grandes passadas na neve virgem. Meu pai enroscou um braço no de Sara, com o outro puxava a mala amarrada com barbante. Lili e a enfermeira iam alguns passos atrás.

Nesse momento, no meio do parque, depois de oito minutos de assustadora mudez, como um presente divino, recebeu sua voz de volta. Emitiu um som áspero e parou em seguida. Pôs a mala no chão, retirou o braço do de Sara e se virou, em direção a Lili.

No meio do caminho, em algum momento, a nevasca havia parado. Os quatro pareciam personagens heroicos de Andersen, migalhas num prato oval de porcelana branca. A voz de meu pai era um agradável barítono masculino.

— Eu imaginava você assim mesmo. Sempre. Nos meus sonhos. Olá, Lili.

Lili, sem graça, apenas balançou a cabeça. Um peso saiu de suas costas, agora tudo parecia natural. Eles se abraçaram.

Sara e a enfermeira deram um passo para trás, inconscientemente.

Meia hora depois, ocuparam o espaço na reentrância do corredor, atrás da palmeira. Havia dois sofás puídos, um diante do outro. Meu pai jogou o mantô sobre as costas de um deles e acomodou a mala ao seu lado. Ficaram lá sentados, apenas se olhando, não havia necessidade de falar. De vez em quando sorriam. Esperavam.

Depois, meu pai pôs a mala no colo, desfez o barbante, e a abriu. Ele havia colocado o tecido de lã para um casaco bem em cima, e o alisou com cuidado. Pegou-o nas mãos, como se fosse um bebê, e delicadamente o estendeu a Lili.

— Eu trouxe pra você.

— O que é isso?

— É para um casaco de inverno. Só falta mandar costurar.

— Para um casaco?

— Você escreveu que não tinha. Que nem um casaco você tinha. Você gosta?

Lili, fora a roupa de todo dia que recebeu assim que chegou na Suécia, tinha apenas uma saia de traje regional húngaro, um coletinho verde-espinafre e uma espécie de turbante para a cabeça cor de ferrugem — presentes dos Björkman.

Aquela lã grossa, felpuda, marrom-escura, sobre a qual passou a mão delicadamente, despertou nela lembranças antigas dos tempos de paz. Esforçava-se para não chorar.

Meu pai acrescentou:

— Demorei uma hora para escolher. Não entendo nada de mantôs de inverno. Nem de verão.

Lili apalpava a lã, como se quisesse decifrar códigos escondidos em sua trama. Em seguida, cheirou o tecido.

— O cheiro é bom.

— Eu trouxe nessa mala porcaria. Tinha medo de que amassasse. Mas graças a Deus, não. Imagina, ganhei esta mala da enfermeira-chefe. Emprestada.

Lili se lembrava de tudo. Ela lera as cartas de meu pai pelo menos umas cinco vezes. Primeiro, bem depressa, deglutindo; depois, escondida no banheiro, outras duas, com detalhes, refletindo depois de cada parágrafo. Mais tarde, digamos que um dia depois, lia mais uma vez, ou melhor, duas vezes, e imaginava novas palavras por trás das escritas. Sabia muita coisa sobre Márta.

— Mickey Mouse!

— Essa!

Meu pai queria contar tantas coisas! As frases se atropelavam dentro dele, com qual começar?

Ainda tinha um cigarro no bolso, pegou-o com o fósforo.

— Incomoda?

— Que nada! E o seu pulmão?

— Está bem. Está bem aqui dentro.

Meu pai mostrou o tórax.

— Só o coração! Só o coração está quase arrebentando. De tanto que bate.

Lili alisava a lã, com os dedos tateava os valiosos nós da textura.

Meu pai acendeu o cigarro. Soprou fumaça cinza, com bordas encrespadas, que subia em espiral como uma nuvem sobre suas cabeças.

Finalmente, deram início à conversa, sem terminar nenhuma frase, comendo palavras. Cortavam a fala um do outro, estavam ansiosos e impacientes, queriam compensar tudo de uma vez.

Mas, sobre o mais importante, não falaram.

Nem naquela vez nem mais tarde.

Meu pai não contou que no campo de concentração de Bergen-Belsen, durante três meses, ele queimara cadáveres. Como poderia falar daquele odor que emanava da montanha de cadáveres sufocando, arranhando a garganta? Seria possível encontrar um verbo ou adjetivo para esse trabalho? Descrever como braços nus, com a pele descamada, escorregavam entre as mãos e caíam com um baque sobre corpos congelados? Lili foi incapaz de contar sobre o dia da libertação.

Levou quase meio dia para se arrastar do barracão em que estava até a rouparia — a distância de cem metros durou nove horas. Sobre seu corpo nu, o sol queimava feroz. Os alemães já tinham fugido. Lili só se lembrava de uma cena, era um fim de tarde, um militar alemão de farda está sentado, com as costas apoiadas na parede, e toma banho de sol.

Como essa farda foi parar sobre o corpo dela?

Meu pai não poderia contar, por não ser capaz, que antes de queimar cadáveres foi enfermeiro no barracão dos doentes de tifo. No bloco dezessete, o mais terrível do campo, ele distribuía pão e sopa para os semimortos. Levava presa ao braço uma fita preta da Oberpfleger. Deveria ter contado sobre quando Imre Bak bateu na janela? Que Imre estava de quatro e uivava como um cão raivoso? Imre Bak fora seu melhor amigo em Debrecen. Imre ansiava por remédio. Talvez. Ou uma palavra amiga. Mas lá, no bloco dos doentes com tifo, não se podia entrar. Meu pai observara como Imre tombou através da janela imunda, e sua linda e inteligente cabeça caiu numa poça de água. Estava morto.

Lili não mencionou uma palavra sequer, nem daquela vez nem mais tarde, sobre a viagem de doze dias num vagão, em direção à Alemanha. Deveria ter contado sobre quando, no sétimo dia, descobriu que poderia lamber das paredes do vagão o gelo que se acumulara durante a madrugada? Estava com tanta sede, com uma sede tão terrível! Enquanto Lili lambia a parede do vagão, ao seu lado, Terka Koszárik já urrava havia vinte horas sem parar. Terka talvez tenha tido mais sorte. Terka Koszárik, em seguida, enlouqueceu. Meu pai também não falou daquela briga mortal no hospital de Bergen. Ele pesava vinte e nove quilos, levaram-no no colo até a carroceria de um caminhão. Depois, durante semanas ficou apenas deitado na cama. Uma enfermeira alemã musculosa vinha três vezes por dia erguer seu corpo leve como pluma e derramava em sua boca um litro de óleo de peixe. Um dentista judeu polonês estava na cama ao lado. Já passara dos trinta e cinco anos, falava várias línguas, sabia quem eram Bergson, Einstein, Freud. Um mês e meio depois da libertação, esse dentista surrou quase até a morte um francês um pouco mais miserável que ele, por meio quilo de manteiga. Não, meu pai não falou sobre isso.

É verdade que Lili também não contou sobre o hospital de Bergen. Talvez estivesse deitada não muito longe de meu pai, só que na seção das mulheres. Era o mês de maio, na primavera, a guerra apenas terminara. Lili ganhou papel e lápis. Pediram que escrevesse o seu nome e a data de nascimento. Lili pensou com grande dificuldade. Como era mesmo seu nome? Não conseguia se lembrar. Não, por nada neste mundo. Lili ficou extremamente amargurada ao pensar que jamais se lembraria de seu nome de novo.

Não conversaram sobre essas coisas.

Mas duas horas mais tarde meu pai acariciou o cabelo de Lili, e erguendo o corpo do sofá, meio desajeitado, deu um beijinho na ponta do nariz dela.

Já passava da meia-noite quando uma enfermeira, com muito tato, se colocou a três metros deles. Lili entendeu que era preciso se despedir. Acompanharam meu pai até o primeiro andar e o conduziram a um salão com quatro camas. Este foi o local determinado para sua permanência durante as duas noites. Meu pai tirou a roupa, vestiu o pijama. Sentia uma felicidade tão grande que durante toda a madrugada fez o pequeno percurso entre a porta e a janela inúmeras vezes. Por volta das três horas e meia, completamente esgotado, teve que se forçar para deitar na cama. Mas não conseguiu dormir ainda assim.

No dia seguinte, às nove horas, depois do café da manhã, estavam de novo sob a palmeira. Lá pelas duas horas da tarde, Judit Gold correu para a portaria para pegar a correspondência das mulheres e viu Lili e meu pai na reentrância do corredor, encolhidos, cochichando. Judit Gold virou rapidamente a cabeça, pois tem horror ao ciúme, lembra-lhe ataques de asma.

Lili se preparava justamente para fazer sua confissão mais secreta. Deu um suspiro profundo.

— Tenho um pecado horrível. Ninguém sabe. Nem Sara. Vou contar a você.

Meu pai se inclinou mais para a frente e tocou as mãos dela.

— Você pode me contar tudo. Tudo.

— Tenho tanta vergonha... eu... eu...

Lili perdeu a fala.

Meu pai afirmou com toda segurança:

— Você não tem do que se envergonhar.

— Não sei como explicar... é horrível. Quando tínhamos que ditar nossos dados, antes de nos levarem para o navio sueco... Eu não consigo dizer...

— Claro que sim!

— Eu, eu... Em vez do nome dela, que é Zsuzsanna Herz, então, em vez do nome dela... Eu, por algum motivo, simplesmente não entendo por que, mas fui incapaz de dizer esse nome.

Eu menti! Não fui capaz de informar o nome de minha mãe, você entende?

Lili agarrou a mão de meu pai e a apertou. Seu rosto ficou tão pálido que quase luzia.

Meu pai acendeu o cigarro, como sempre, quando precisava pensar muito.

— Você quis mudar o destino. É fácil de entender.

Lili ficou pasma com essa explicação.

— É verdade. Que jeito bonito de dizer! Mudar o destino. Sem que tivesse me preparado especialmente pra isso, brotou uma solução! Ser outra pessoa. Não ser judia. Basta uma palavra e eu posso fazer a mudança.

— De sapo a rainha.

Meu pai adorava as comparações com contos de fadas. Mas, talvez por tê-la considerado muito trivial, acrescentou:

— Eu também fiz isso. Mas fui covarde.

— Eu disse lá no porto, enquanto estava na maca, que o nome de minha mãe é Rozália Rákosi. Onde eu arranjei esse nome? Rákosi? Não tenho ideia. Eu disse Rozália Rákosi. No lugar do nome certo de minha mãe!

Meu pai amassou a guimba no cinzeiro de lata.

— Fique tranquila. Passou.

Lili balançava a cabeça.

— Não, não acabou, você vai ver. Porque eu até disse que só meu pai é judeu, que minha mãe, Rozália Rákosi, é católica. Nem isso foi suficiente. Eu também sou católica, foi isso que eu disse a eles, entende? Eu queria acabar com essa história. Com o judaísmo! Chega, ponto final.

— É compreensível.

Lili começou a chorar em desespero. Meu pai pegou o lenço guardado com tanto zelo. Lili escondeu o rosto entre as mãos.

— Não, não, é um pecado terrível! Imperdoável. Você é o

primeiro a quem contei. E se você quer saber, aos domingos frequento uma família sueca. Os Björkman. Todos acham que tudo bem. Mas não! Eu vou à casa deles porque são católicos. E vou à igreja com eles! Tenho até uma pequena cruz!

Arrancou do bolso do avental um envelope dobrado em dois. Desdobrou-o e retirou a cruz de prata. Meu pai pegou o crucifixo, analisou-o com suspeita, e em seguida passou a mão na testa:

— Então agora está claro.

— O quê?

— Por que sua mãe ainda não deu sinal de vida. Por que ela não escreveu a você.

Lili retomou a cruz, enfiou no envelope, pôs no bolso.

— Por que não?

— A lista! Que apareceu em tantos jornais húngaros. A lista oficial. Nela você aparece assim: Reich Lili, nome da mãe: Rákosi Rozália. Essa é outra menina. Essa não é você. Sua mãe deve ter lido a lista em Budapeste, procurou por você, até viu seu nome, mas não sabia que era a mesma. Ela procurava uma Reich Lili cuja mãe se chama Zsuzsanna Herz.

Lili, após essa constatação chocante, deu um salto e ficou em pé, paralisada, por quase um minuto, com os braços no ar, como uma estátua antiga. Depois caiu de joelhos diante de meu pai e começou a beijar suas mãos. Nisso, meu pai também se levantou e, embaraçado, escondeu os braços atrás das costas.

Lili ainda estava de joelhos, mas já voltara a si. Ergueu os olhos para o meu pai e sussurrou:

— Temos que festejar isso! Como você é inteligente!

Levantou de repente e saiu correndo pelo corredor, gritando.

— Sara! Sara!

10.

Naquela manhã, no refeitório de piso de cerâmica amarela do Hospital Militar, no qual as moças e senhoras recebiam o almoço meia hora depois dos homens, nesse barracão nada acolhedor, meu pai pensou ter chegado o momento de manifestar abertamente o que pensa sobre o mundo. Naquele inverno, vinte e três mulheres eram tratadas no hospital de Eksjö no terceiro andar. Todas as vinte e três se reuniam naquele momento em torno de meu pai, entre elas as três moças húngaras: Lili, Sara e Judit Gold. Com uma faca de cabo de madeira bem afiada, ele cortou em pedaços minúsculos as três bombas de chocolate, uma obra-prima da confeitaria de Avesta. Primeiro em dois, depois em quatro, a seguir em oito. Agora, vinte e quatro pedacinhos de doce estavam diante dele, cada um quase do tamanho de uma unha de mulher.

Meu pai subiu numa cadeira, sentia-se em seu elemento. Ele se preocupou até mesmo em preparar seu discurso em elevado estilo alemão.

— Agora vou explicar a vocês o comunismo. Em seu ponto

central, estão a igualdade, a fraternidade e a justiça. O que vocês viram antes? Três peças de doces de chocolate. Eles poderiam ter sido devorados por três de vocês em alguns minutos. Em vez disso, esses doces, que poderiam ser substituídos por pão, leite, trator ou um campo de petróleo, foram cortados por mim em fatias. Em pedaços idênticos. Ei-los. E agora eu os distribuirei entre todas. Entre vocês. Peguem!

Apontou os doces sobre a mesa. Foi quase irrelevante se a refinada ironia de meu pai atingira seu objetivo. As moças, excitadas pelo discurso, se aproximaram da travessa, e cada uma pegou um pedacinho da bomba. Lili, orgulhosa e embevecida, observava meu pai.

Os pedacinhos de doce sumiram de tal modo nas bocas como uma lufada de ar. As moças e senhoras engoliram e lá se foram as bombas. Sara ficou sensibilizada.

— Nunca ninguém explicou a essência do comunismo de um jeito tão bonito.

Apenas Judit Gold não abocanhou o pedaço de doce que lhe cabia, já em si tão simbólico. Revirou-o na mão até que derretesse totalmente, e a calda marrom melada conseguiu cair de seus dedos no chão.

No dia 3 de dezembro, no começo da noite, Lili acompanhou meu pai à estação de trem sob a supervisão da enfermeira de pelerine. Quando o trem partiu, meu pai estava em pé na última escada do último vagão, agarrando-se com força, e permaneceu dando adeus até que, junto com o prédio principal da estação neoclássica, as duas desapareceram depois da curva.

No fim da plataforma coberta de neve, Lili não se mexeu durante muito tempo, e, em seus olhos, lágrimas brilhavam.

* * *

Meu pai puxou atrás de si a porta do trem, partia. O poema apaixonado surgiu no salão com quatro camas, na segunda noite da visita em Eksjö. Durante o dia, quando ficava sozinho por alguns minutos, no lavatório ou no elevador, ele o polia e corrigia continuamente. Ainda não tivera a ousadia de declamá-lo a Lili. Porém, agora que as rodas do trem batiam contra os trilhos, esse ritmo dos estalos que se aceleravam reforçava, dentro dele, a melodia da poesia. Os versos simplesmente estavam desejosos de emergir. Com tamanha força, que não conseguiria nem queria lutar contra. Caminhava ao longo dos comboios, levando na mão a mala amarrada com barbante. O papel colado sobre a lente esquerda inexistente dos óculos já se desmanchava. Mas nada disso incomodava meu pai. Declamava. Alto. Em húngaro.

O poema se elevava por cima do som do encaixe das rodas. Meu pai, como um mascate cobrador versejador, percorria os carros desse modo. Deixava para trás os compartimentos semivazios sem nenhuma dor no coração. Não queria sentar, de jeito nenhum! Preferia criar algum tipo de comunidade de alma entre os passageiros desconhecidos, que observavam espantados ou compreensivos o viajante que falava uma língua estranha. É possível que alguns entre eles tenham reconhecido o trovador apaixonado, ou que alguns o tomassem por um inofensivo andarilho maluco. Mas meu pai não se importava nem um pouco com a qualidade do acolhimento: apenas ia em frente e declamava.

Já faz trinta horas que minha vida
corre sobre trilhos ardentes sem fim.
Olhei-me no espelho e é tão estranho
que agora sou simplesmente feliz.

Trinta horas — como voam os minutos,
mas a cada minuto te amo mais!
Não é verdade que agora apertas, sem largar,
essa mão recém-encontrada e exausta?

De braços dados e contra a tempestade
apenas sorrimos, como no divã!
E me chamas então, como consciência:
enfrente a luta, coragem, tome o seu lugar!

Uma ideia está à espera, é por ela
que luto, sou sócio de milhões.
Agora será mais fácil, belo e brilhante,
duas estrelas, seus olhos queridos, me acompanham!

Meu pai sentia que esse era o poema para o qual vinha se preparando a vida toda. Sim, este é o próprio Verso. Ele viera se arrastando das profundezas de suas entranhas, mas fora temperado com a música de seu coração e com a matemática exata de sua mente. Assim, quando o poema chegou ao fim, recomeçou a declamação, depois uma terceira vez, sem que indicasse, de alguma forma, que recomeçara. Os trilhos internos ardentes, sem fim, fundiram-se com os gelados e infinitos trilhos dos trens suecos.

Mais tarde, quando sossegou um pouco e conseguiu lidar com sua alegria transbordante, ele se acomodou em uma das cabines vazias. Sentia que aquele calor o queimava por dentro. Será que estava com febre? Seus ossos também doíam, e era como se a pele tivesse afinado, exatamente como acontecia nas madrugadas. Trazia sempre consigo o termômetro numa caixa de metal bonita. Pegou-a no bolso, pôs o termômetro na boca. Fechou os olhos e começou a contar. Depois concluiu espantado que os sintomas o enganaram. O mercúrio subiu até trinta e seis ponto três, tinha sido desnecessário se assustar.

Olhou pela janela. Escuridão, campos nevados, pinheiros esguios que deslizavam bem perto.

Minha querida, querida, querida! Lili, minha querida, como posso agradecer esses fantásticos três dias? Isso foi mais, muito mais para mim do que qualquer outra coisa...

Ao meu pai bastava fechar os olhos para ver a ambos naquele canto do corredor do Hospital Militar, atrás da palmeira. Dois sofás puídos, um de frente para o outro. O casaco jogado sobre o encosto, a mala de couro artificial acomodada no piso de pedra. A primeira meia hora embaraçosa, o silêncio, nenhuma palavra. Apenas sentados, se olhando, sem desejo de se manifestar.

Minha querida, pequena, bobinha Lili — agora direi como você ficou marcada em mim.

Primeira cena: 1º de dezembro — noite. A palmeira — essa planta indiscreta — acena verde e você sorri e fecha os olhos. Você é tão boa e engraçadinha a ponto de atordoar.

Lili fez a pergunta inesperada. Meu pai, se entendesse do assunto, conseguiria determinar até o tom da voz.

— Esse jornal é de hoje?

Foi isso que Lili perguntou com seriedade professoral. Meu pai, claro, não entendeu. Que jornal?

Então Lili tirou os óculos de meu pai e tentou decifrar as palavras no pedaço de jornal grudado no lugar da lente. O embaraço se dissipou.

Depois, no dia seguinte: sob o turbante vermelho, seus olhos, e de braços dados caminhamos pela rua. Ah, por aquela viela dos cinemas!

Caminhavam pela Kaserngatan, no vento forte, com meu pai no meio. Lili e Sara davam o braço a meu pai, e ele, ultrapassando o pé de vento, contava sobre o doce especial de papoula de sua mãe, sobre o antropomorfismo de Feuerbach, e, por fim, sobre a sistemática vegetal de Linné. Afinal podia tirar proveito daquela vez em que ficou encolhido no topo da escada, no pátio do Gambrinus.

Já estavam congelados quando entraram correndo no cinema. As migalhas dos oitenta e cinco dólares do tio Henrik ainda se escondiam no bolso do meu pai. O filme que passava era um tipo "água com açúcar" americano, o título meu pai considerou simbólico: *Um amor em cada vida*. Era a sessão da tarde, havia pouca gente na plateia. Conseguiram três lugares na última fila. Meu pai sentou entre as duas moças, só olhava para a tela de relance, por alguns minutos. Agora a lente coberta com jornal definitivamente estava sendo útil: sem nenhum ardil especial e sem ser notado, podia ficar olhando o perfil de Lili. Em um momento de coragem: quando no filme o herói caiu em uma mancha de óleo e escorregou até os pés da risonha namorada, meu pai tocou a mão de Lili com cautela. A moça retribuiu com um aperto.

Nem escrevo mais — é como uma punhalada, acabou! Mas depois: andamos até a casa e, no caminho, lá na travessa do parque, em certo momento...

A noite chegou enquanto eles estavam no parque — no meio do qual, entre outras coisas, Carl von Linné sentava-se petrificado. Meu pai tomou a decisão.

Sara discretamente começou a caminhar dois ou três metros à frente e estendeu a palma da mão como se fizesse um teste de observação de nevasca para um instituto de meteorologia. Meu pai valorizou essa delicadeza.

Passavam diante dos olhos de pedra de Linné. A neve estalava sob seus passos e, no céu, as estrelas cintilavam.

Meu pai parou Lili, acariciou seu rosto com os dedos em fogo — o que a biologia não explica, já que fazia menos dez graus centígrados, e ele estava sem luvas — e a beijou. Lili aproximou o corpo ao dele e retribuiu o beijo.

Carl von Linné ficou olhando, pensativo.

Sara, mais tranquila por finalmente não ouvir dois pares de sapatos irritantes estalando atrás dela, passeou até a beirada do parque. Passou a contar em silêncio devagarinho e, ao chegar a cento e trinta e dois, ainda estava sozinha. Isso a encheu de uma sensação boa. Seu coração também palpitou, sorriu.

Segunda-feira. Dia pobre. Apenas o fotógrafo. Não é verdade que você também pensou: o que dirá mamãe do nosso retrato juntos?

O atelier do fotógrafo ficava na Trädgårdsgatan, 38. Meu pai levou consigo o simples prospecto branco e preto da loja, para guardá-lo como recordação.

O fotógrafo parecia o Humphrey Bogart: um jovem bonitão, de paletó e gravata. Gastou muito tempo com a colocação da máquina, buscando o ângulo correto. Meu pai se encolhia todo de ciúme cada vez que Bogart encostava delicadamente no joelho de Lili, para acomodá-la um tantinho mais à esquerda ou à direita. Em seguida, satisfeito, o fotógrafo se enfiou atrás da máquina, por baixo do pano preto, e gastou outro tanto de tempo em minúcias quanto à posição das cabeças. Saiu de debaixo do pano, foi até o meu pai, começou a ler com toda a atenção o pedaço de jornal nos óculos e pediu que os tirasse. Entrou de novo atrás da máquina. Durante cinco ou seis minutos puxava os óculos para a frente e para trás, saiu de novo, foi até o meu pai e cochichou em seu ouvido.

Meu pai enrubesceu. Bogart chamou sua atenção, em alemão literário, que nessa luz forte, mesmo ele, o fotógrafo, notando que meu pai estava consciente do problema, resumindo, ainda assim, aqueles dentes de metal tão pouco lisonjeiros provocavam reflexos de vez em quando. Ele, como um fotógrafo de qualidade, julga que o segredo da foto de família ideal é que Lili sorria amplamente e meu pai dê um leve sorriso, apenas puxando a boca de lado. Bogart, de sua parte, sugere assim.

O fotógrafo da Trädgårdsgatan em meia hora aprontou as primeiras imagens dos dois juntos.

Naquela noite você me acompanhou até à saída, abriu a grade e, antes que o elevador começasse a subir, eu mais uma vez me debrucei...

Na segunda noite, Lili se despediu de meu pai em frente ao elevador. No corredor, enfermeiras iam e vinham. Lili entrou no elevador. De camisola e roupão, apenas correu até o primeiro andar para um beijinho de adeus. Fechou a grade. Meu pai espremeu a cabeça entre as hastes de metal branco e, nessa situação desesperada, tentou roubar um beijo de Lili. Meu pai empurrou a cabeça na direção dela com tanta força, que as grades desenharam marcas na pele de seu rosto. O elevador começou a subir. Meu pai não conseguia ir embora, esperou até ver os chinelos de Lili desaparecerem na escuridão do poço. Nesse momento uma mão tocou em seu ombro.

O dr. Svensson, de jaleco branco, estava diante dele.

— O senhor fala alemão, não é mesmo?

— Entendo. Falo.

— Bom. Temos aqui uma situação para a qual gostaria de chamar sua atenção.

Meu pai não tinha a menor ideia a qual situação o médico se referia. Agora, nesse momento tão especial, não desejava entrar em nenhuma discussão com um profissional.

— Estou a par de tudo, doutor. Meu pulmão, por enquanto...

Svensson cortou sua fala.

— Não me refiro ao senhor. O senhor me entendeu mal.

Meu pai relaxou. Svensson, como se não tivesse notado nada, continuou.

— Eu queria dizer ao senhor que cuide bem dessa menina. Não é uma criatura do tipo que se encontra com facilidade.

Meu pai balançava a cabeça com entusiasmo. Svensson tomou-o pelo braço e começaram a caminhar pelo corredor, que estava vazio.

— Sabe, por um cruel capricho do destino, entrei para o batalhão médico internacional que iria libertar a ala feminina do campo de Belsen. Gostaria de esquecer aquele dia. Mas não é possível. Já havíamos despachado todas as mulheres nas quais percebêramos um mínimo de vida pulsando. Sobravam apenas os corpos mortos deitados sobre o chão de concreto. Uns trezentos, nus ou em trapos, imóveis. Uma porção de corpos que pareciam de crianças... Esqueletos de vinte quilos.

Svensson parou naquele corredor vazio do Hospital Militar, mas seu olhar estava em algum lugar distante, perdido. Parecia mais inseguro, como se a descrição da lembrança lhe provocasse dor de verdade. Meu pai olhava com curiosidade a deformação que se produzira no rosto do médico, como um trejeito. O monólogo de Svensson passou a ser entrecortado.

— Olhei para trás, quem sabe... não conseguia me decidir se meus olhos estavam turvos ou... realmente um dedo havia se mexido... Entende, Miklós? Assim como estou lhe mostrando agora, assim, como o último batimento de uma asa de pombo... ou como o tremor de uma folha quando o vento para.

Ergueu a mão na altura dos olhos, entortou o indicador e depois acrescentou:

— Foi assim que trouxemos Lili de volta ao mundo.

Depois de muitos anos as costas de meu pai ainda se arrepiavam quando se lembrava da expressão no rosto de Svensson e da mão na altura dos olhos com o indicador em movimento. Tudo isso se mesclou definitivamente dentro dele com uma outra imagem de Eksjö: o trem saindo da estação ruidosamente, ele pendurado do lado de fora, no último degrau da escada do último vagão, dando adeus até que o topo do prédio principal desaparecesse na curva; naquele momento, ainda está tomado pela felicidade, enquanto não perdeu a visão da imagem de Lili. Não era preciso mais nada, apenas fechar os olhos, nos quais estava gravada a fogo a última vez que a viu.

Na plataforma coberta de neve, Lili lhe acenava. Nos seus olhos, brilhavam lágrimas. E seus dedos... meu pai afirmava com convicção que, ainda pendurado, enxergava a pequena mão, os dedos graciosos, como se os visse numa tela de cinema. Na verdade, dessa distância, obviamente isso é impossível, mas, mesmo assim... Agarrava-se ao comboio, com a porta aberta, o trem acelerando, e ele, por trás das pálpebras fechadas via, sim, os dedos de Lili conforme se mexiam, como um galho frágil ao vento.

— Cuide bem dela! Ame-a — Svensson dizia no hospital naquela última noite de frente para meu pai. — Seria tão bonito se...

Emudeceu. Permaneceu assim por longos segundos. Meu pai pensava que ele buscava a palavra certa em alemão.

— O que seria bonito? — perguntou, afinal.

Svensson ruminava. Finalmente, meu pai entendeu: o problema de Svensson não era com a língua. O médico atingira uma barreira que não desejava ultrapassar. Jamais terminou a frase, porém, inesperadamente, abraçou meu pai de um modo que dizia tudo.

Em Ervalla, meu pai tomou outro trem. Aqui também encontrou um lugar à janela. Ali, com a paisagem noturna, seu rosto barbado e cansado lhe devolvia o olhar.

Na terça-feira já acordei mal-humorado: último dia. Passeávamos na praça do Hotel Stads de novo, como no domingo. E só consegui roubar, uma ou duas vezes, rápido, o sabor de seu rosto.

Nessa última noite de terça-feira, ocuparam as duas poltronas embaixo da palmeira.

Lili chorou. Meu pai segurava sua mão e não conseguia dizer nada muito animador. Depois, Lili contou histórias sobre sua família.

— Sonhei com a nossa casa ontem. Eu vi claramente como meu pai arrumava sua mala. Era segunda-feira, o dia ainda não tinha clareado. Eu sabia que ele partiria logo. No meu sonho, eu sabia que não o veríamos por uma semana. Não é estranho?

Explicou todo o ritual. Esqueceu o choro e também que agora estava sentada num país distante, do qual talvez não retornaria jamais. Ela contava com tanto entusiasmo, como se estivesse falando de um piquenique do dia anterior. Com olhos de criança, soava como um quebra-cabeça: Sándor Reich, o negociante de malas, na segunda de manhã prepara sua coleção. Nas duas malas grandes guarda as menores, dentro destas, as menores ainda, e, no final, as pastas e bolsas são colocadas numa mala infantil vermelha. Era incrível que aquela porção de artigos de couro coubesse nos dois baús de navio.

Na verdade, meu pai julgava embaraçosa essa ligação tão profunda de Lili com os pais. A ele, por exemplo, só lhe ocorria uma imagem forte sobre o seu pai. Não conseguia desvendar se essa lembrança era marcante porque a vira uma única vez ou porque a vira muitas. É possível, afinal, que todo almoço de domingo terminasse assim.

O pai de meu pai enfia um guardanapo de tecido adamascado na gola da camisa. Sua basta cabeleira fulgura com a brilhantina. Sua mulher, a mãe de meu pai, que na cena tem um aspecto desgrenhado, leva a colher à boca nesse exato momento. Sopa de ervilhas... Sim, numa travessa de porcelana branca a sopa de ervilhas fervilha no centro da mesa, sobre o caldo verde amarelado, boiam manchas de gordura. Sobre a toalha, numa pequena travessa, há uma pilha de fatias de pão torrado. Isso tudo meu pai via com perfeição. A si mesmo também, como um menino, de frente para sua mãe, ela de colete preto. Em seguida, o pai de meu pai, não sei por que, começa a berrar, arranca o guardanapo do pescoço, se levanta de um salto e, com um único movimento, puxa a toalha de mesa com violência.

Meu pai conserva esse momento. Conforme as ervilhas saltam da sopeira, o caldo verde amarelado escorre sobre seus joelhos, queimando, os pedaços de pão torrado vão caindo como anjos alados minúsculos.

Naquela noite, apertando a mão de Lili, meu pai também contou isso enquanto estavam escondidos pela palmeira.

Lili mudou de assunto.

— Eu não queria mais...

— O que você não quer?

— É tão terrível de expressar. Mas eu quero ser diferente.

— Diferente?

— Diferente de papai e mamãe.

Judit Gold vinha chegando trazendo duas xícaras de chá para eles. Sem querer, ouviu a conversa.

— O que você quer ser, Lilizinha?

Lili a olhou, em seguida para o meu pai. Baixo, mas com determinação, respondeu:

— Eu não quero ser judia.

É possível que houvesse na frase um pouco de hostilidade também.

Judit Gold secou com os dedos uma gota de chá na mesa e imediatamente respondeu.

— Isso não é uma questão de querer ou não.

Depois saiu, com jeito altivo, como se Lili a tivesse ofendido. Pensativo, meu pai a seguiu com o olhar.

— Eu conheço um bispo. Vamos escrever para ele. Vamos reivindicar a conversão. Está bem assim?

Meu pai, como de hábito, exagerou um pouco. É claro que não conhecia nenhum bispo. Mas estava certo de que, se procurasse, cedo ou tarde encontraria um.

Lili acariciou as mãos dele.

— Você não ficou zangado?

Meu pai avançou um pouco mais.

— Eu também já havia cogitado.

Na viagem noturna de trem, de volta a Avesta, enquanto as estações passavam correndo pela janela, meu pai esclareceu a si mesmo o problema. Não, jamais refletira sobre a questão da conversão. Simplesmente não se interessava pelo fato de ser judeu.

133

Já na adolescência, sua mente fora tão enredada pela Razão, essa nova fé, que não sobrara lugar para nada antiquado. Se isso era importante para Lili, se ela decidira assim, então arranjaria um padre. Ou bispo. Ou o próprio papa, se o destino assim decidisse. Deixaram Örebro, Hallsberg, Motala. Meu pai escrevia uma carta no comboio.

Viu, minha querida, minha Lili, como sou um soldado engajado para sempre com a ideia de que é preciso despertar as pessoas em benefício dos oprimidos e pela liberdade de todos os filhos de uma nação. Você será minha sócia (você será, não é mesmo?) na vida cotidiana, seja uma sócia fiel também nisso!

Você foi uma moça burguesa: que você passe a ser uma dura guerreira socialista!

Será que você tem vontade? Até o Natal, quando então, espero, possa ver você novamente, contarei os dias!

(Assim que chegar em Avesta, vou tentar resolver a questão do bispo.)

Abraço e beijo você, muitas e muitas vezes,
Miklós

11.

No dia seguinte à partida de meu pai de Eksjö, irrompeu o escândalo. Começou no final do café da manhã, quando o médico-chefe Svensson entrou e, com uma colher, começou a bater num copo.

Ao som agudo, o falatório parou, todos se viraram na direção do médico.

Svensson falava visivelmente nervoso.

— Peço que todos mantenham a calma e a confiança. Acabei de receber uma informação que trará certa mudança em suas vidas... O Ministério da Saúde sueco tomou a decisão de desativar o acampamento de Smålandsstenar imediatamente. Os doentes curados, de nosso acampamento, devem se juntar aos viajantes.

Svensson pretendia continuar, mas o resto de sua fala foi varrido pela alegria. As moças e as senhoras pularam de suas cadeiras, algumas, felizes, se abraçavam, davam gritinhos, e outras, falando alto em diversas línguas, tentavam se aproximar de Svensson. O médico tentava se tornar senhor da situação batendo de novo no copo, mas era em vão.

De manhã, em meio a uma grande confusão, informaram que esse acampamento vai se dividir e que nós vamos mudar para outro, enorme, que fica a várias centenas de quilômetros daqui, e ainda por cima, imediatamente... Mas pelo menos estarei um pouco mais perto de você, terei que viajar menos se for visitá-lo.

As três moças húngaras subiram correndo para o dormitório. Tinham a intenção de começar a empacotar suas coisas, mas Lili logo percebeu o roubo.

Quando depois de meia hora a diretoria chegou para se informar sobre os acontecimentos, já não havia mais condições de apontar os fatos. Uma crise de choro era seguida de outra, tiveram que dar a Lili uma injeção calmante com a qual entrou num leve estado de coma. Permaneceu deitada, encolhida e não respondia a nenhuma pergunta.

Sara teve que assumir a tarefa de explicar às autoridades competentes toda a história, várias vezes.

— Já disse. Estava aberto. — Apontava para o único armário do quarto, no canto.

O armário continuava escancarado, praticamente vazio, e todos os pertences das moças cabiam na prateleira inferior.

Um homem loiro, de óculos, com a pele tão branca que quase cegava, traduzia aos cochichos para o sueco ao chefe da Lotta local tudo que Sara dizia.

A sra. Anne-Marie Arvidsson fazia as anotações. Perguntou:

— Qual era o aspecto do tecido?

Sara acariciou as costas encurvadas de Lili.

— Como era mesmo, Lilizinha? Eu só vi...

Mas Lili só olhava com a íris dilatada para a árvore lá fora, através da janela. Sara tentou falar por ela.

— Era um tecido marrom para um mantô de inverno. Lã. Felpudo. Ela ganhou do primo.

O sujeito de óculos traduzia.

— Deve ter acontecido enquanto estávamos no refeitório ouvindo as notícias. Todo mundo estava lá embaixo. A sra. Anne-Marie Arvidsson jogou a caneta sobre a mesa.

— Nunca houve um roubo neste hospital! Eu nem sei como devo proceder agora.

A dirigente da Lotta bateu na mesa.

— Eu sei! Vamos procurar. Pegaremos as coisas de volta.

Quando meu pai retornou ao acampamento, primeiro foi ao escritório avisar de sua chegada, em seguida andou até a barraca para se trocar. Era meio-dia, sabia que deveriam estar todos no refeitório.

Ele logo viu aquilo e recuou. As pernas com botas ainda formavam um meio círculo sobre a fila de camas do centro. A mala escorregou de sua mão. Depois, ele fez algo totalmente sem nexo: tirou os óculos e limpou a única lente. Quando os recolocou sobre o nariz, ficou claro que não estava imaginando coisas. De onde estava, um dos armários de ferro encobria a parte superior da barraca. No momento em que deu um passo à frente, viu também o tronco: calça cinza e o cinto na altura da cintura.

Tibi Hirsch!

Ele se pendurou num gancho, em um prego bem grosso e torto, ao lado do abajur de cúpula em forma de prato. Embaixo do corpo, uma carta estava no chão. Meu pai começou a tremer as pernas e as mãos e ele precisou se sentar. Os minutos passavam. Ele sentia um desejo incontrolável de ler a carta. Precisava superar o tremor e a repulsa. Do lugar em que estava sentado, tudo o que via era que a folha de papel tinha um lacre na parte de baixo. Era uma carta oficial!

Uma suspeita começou a surgir em meu pai. Naquele instante já sabia o que estava na carta antes mesmo de se erguer penosamente e se arrastar sob o corpo pendurado. Olhou, verificou, é claro. Nem era preciso levantá-la na altura dos olhos para decifrar que a última carta do eletricista de rádio e auxiliar de fotógrafo, ali no chão, era um aviso de falecimento. O certificado de óbito da sra. Tibor Hirsch, nascida Irma Klein.

Meu pai lembrou, de repente, que já escrevera a Lili, havia algum tempo, que a mulher de Hirsch tinha sido assassinada em Bergen-Belsen. Escrevera quando aquela gigantesca cobra triunfante se pôs em movimento e tomou posse da barraca. Por que sufocou a emoção naquele momento? Por que não correu até Hirsch para sacudi-lo e acordá-lo?

Mas quando? Quando teria tido condições para isso?

Talvez quando Hirsch sentou na cama balançando a carta? Quando deu aquele grito "ela está viva! Minha esposa está viva!"? Deveria ter ido até ele para sacudi-lo e gritar em seu rosto que não, ela não está viva, ela morreu, três pessoas viram, deram-lhe um tiro certeiro, como num cão raivoso?

Ou teria tido tempo mais tarde?

Quando, quando?

Quando Hirsch começou a caminhar entre as camas, com a carta na mão, balançando-a como se fosse uma bandeira, irradiando uma única frase? Naquele momento? Quando Harry parou atrás de Hirsch, segurando seus ombros, e começaram a repetir a frase, como numa marcha?

Está viva, está viva, está viva, está viva!

O que poderia ter feito então, quando o medo que contorcia o estômago dos homens em espasmo permanente se dissolvera, e um único deslumbrante nó de palavras brotara? Como poderia interromper aquela irrupção vulcânica?

Está viva, está viva, está viva, está viva!

Teria sido necessário subir na mesa e superar o ruído do

coro? O que poderia ter gritado? Retome o juízo!? Retomem o juízo, seus animais!? Entendam, vocês ficaram sozinhos, elas morreram, voaram, viraram fumaça, todas as que vocês amavam?! Eu vi! Eu sei!

Não está viva, não está viva, não está viva, não está viva, não está viva!

Não foi isso que fez. Entrou na fila, meu pai foi o décimo quarto anel da cobra, parte do todo, querendo perder o juízo, querendo acreditar no que era imutável.

E agora lá estava, pendurado no gancho, o corpo sem vida de Hirsch.

De noite, quando passou o efeito imediato da injeção calmante, Lili se sentira bastante forte para dar um passeio até o escritório com Sara e registrar a queixa formal.

Quando recebeu a carta de meu pai, que em algumas horas em Avesta resolveu os procedimentos suecos referentes à situação, Lili já havia ultrapassado os primeiros passos oficiais do episódio.

Mas ambos sabiam muito bem que naquele inverno Lili não teria um sobretudo decente.

Minha querida e única Lili, você deve fazer uma denúncia na polícia contra alguém desconhecido pelo roubo. Você terá que escrever uma carta em alemão, em três versões (uma para a diretoria, uma para o Comitê Utlännings, uma para a polícia), na qual você descreve em detalhes a perda, um corte de tecido de lã de três metros e meio, marrom, com listas da própria cor etc.

Coisas mais importantes ocorriam naquele momento. Nove moças, entre elas as três húngaras, que eram tratadas no hospital de Eksjö, foram colocadas em um ônibus que as levaria até a estação. A confusão era enorme e a neve não dava trégua.

A maioria dos camponeses já se acomodara no trem, os que chegavam de Eksjö vinham rápido, carregando suas trouxas e malas pela plataforma enlameada. Svensson e as enfermeiras de pelerines pretas corriam para cima e para baixo ao lado da composição, como uma associação militar de caridade. Procuravam acalmar todo mundo. Esse imenso punhado de lágrimas, beijos e lama. Do megafone, saía uma música alegre.

Lili, Sara e Judit Gold encontraram o vagão no qual estavam suas companheiras que não viam havia três meses. Davam gritinhos, se abraçavam. Em seguida, abriram as cortinas, se penduraram nas janelas e jogavam beijos para o dr. Svensson. Uma enfermeira chegou de bicicleta trazendo nas costas uma mala de couro enorme. Ela soava a campainha e as pessoas saltavam para lhe dar passagem. Ela trazia as cartas que haviam chegado naquele dia — os organizadores não esqueceram de nada. Enrolou a pelerine sobre o joelho para não atrapalhar ao pedalar, depois desceu e começou a gritar.

— Correio! Correio!

Ficou parada no meio da plataforma, deixou a bicicleta cair com um estrondo. Retirou alguns envelopes de sua mala, lia os nomes alto. Tinha que berrar para ultrapassar o som do megafone.

— Scwarz, Vári, Benedek, Reich, Tormos, Lehmann, Szabó, Beck...

A sra. Anne-Marie Arvidsson, que também se espremia na estação e sentia certa culpa em relação a Lili, ouviu o nome Reich. Tomou o envelope da enfermeira e partiu em busca de Lili naquela barafunda babélica. Corria ao lado do trem. Ela pensava que conduzia uma carta de meu pai e isso lhe deu novo ânimo. Ela também começou a gritar. Ficava repetindo o nome de Lili, mas sua voz de passarinho se perdia na cacofonia de vozes.

De repente, percebeu que a moça estava lá, debruçada na janela, a apenas alguns metros de distância. Lili também viu a sra. Anne-Marie Arvidsson. O sobretudo da mulher estava enlameado até o joelho. Enrubescida, respirava com dificuldade. Segurava uma carta sobre a cabeça e soletrava o nome de Lili.

Lili a chamou bem alto:

— Anne-Marie! Anne-Marie!

Ela se emocionou por Lili chamá-la pelo nome. Se esticou para entregar o envelope e com a outra mão pegou a mão de Lili. Apertou-a.

— Com certeza é do seu amigo! — disse baixinho e riu, dando a entender que era a favor das paixões.

Lili bateu os olhos no remetente do envelope e o sangue fugiu do seu rosto. O selo era de Budapeste, a letra que grafava os dados era peculiar, terminava em pontas que lembravam espinhos. Era inconfundível. Tombou para trás no compartimento, e Sara conseguiu pegá-la antes que caísse.

— É a letra da mamãe — Lili sussurrou. Apertava a carta, com mãos crispadas. Sara precisou alertá-la:

— Você a está amassando toda, solte.

Tentou livrar o envelope da mão da amiga, mas Lili não deixava.

Judit Gold se debruçou na janela e gritou para o dr. Svensson, que começava a se afastar:

— A Reich recebeu uma carta da mãe dela!

Svensson e seu séquito imediatamente diminuíram o passo. As enfermeiras de pelerine rodearam o médico como um bando de gralhas. E, com ele, subiram para dentro do vagão.

No minúsculo compartimento, pelo menos quinze pessoas se apertavam. Lili ainda não tivera coragem de abrir o envelope, dava beijinhos nele, alisava-o. Svensson teve que chamar sua atenção.

— Abra esse envelope logo, Lili!

Lili olhou para ele com olhos cheios de lágrimas.

— Não tenho coragem.

Depois deu um profundo suspiro e entregou a carta a Sara.

— Abra você.

Sara não hesitou. Rasgou imediatamente o envelope. Folhas de papel preenchidas de ponta a ponta com letra miúda caíram. Ela estendeu para Lili, mas a moça balançou a cabeça.

— Leia! Por favor!

Svensson já sentara ao lado de Lili e segurava a mão dela entre as suas. A notícia sobre a carta de Budapeste correu rápido, uma multidão se aglomerava diante da cabine e embaixo da janela. Se quisesse corresponder àquela espera solene, Sara teria que ler a carta com um tom teatral. Alto e declamando. Estava consciente da excepcionalidade da ocasião, mas a sua voz a deixou na mão. Ela, que atingia os pontos mais altos nas árias mais difíceis de Schumann, dessa vez emitiu uma voz travada e rascante.

"Minha Lili querida, minha vida! O anúncio apareceu no jornal *Világosság*: três moças húngaras, que estão na Suécia, procuram familiares."

Lili via com nitidez diante de si o corredor da rua Hernád, a porta de entrada cor de espinafre, o roupão surrado da mãe. Tocam a campainha. Mamãe abre a porta, Bözsi está lá, balançando sobre a cabeça o jornal *Világosság* do dia e gritando. O que exatamente, Lili não entende, mas tanto faz. Porém é certo que ela grita, os músculos do pescoço se retesam, ela dá um tapa no jornal, na última página, onde colocaram o anúncio com letras grossas e uma moldura. Também é certo que mamãe arranca o jornal de sua mão, o papel estala, mamãe olha o anúncio, vê o nome, o seu próprio nome, e simplesmente desaba.

Lili ouve claramente o que ela diz, antes ou depois de desmaiar:

— Eu sempre soube que a nossa pequena Lilizinha era inteligente e esperta!

Na cabine, Sara, depois da timidez inicial, recobrou a voz. Svensson segurava a mão de Lili.

"Depois de um ano horrível veio essa notícia milagrosa! O que isso representou para mim, não conseguirei jamais colocar em palavras. Apenas agradecia a Deus por ter alcançado isso."

Bözsi corre para a despensa, enquanto repete para si mesma: vinagre, vinagre, vinagre. Encontra na segunda prateleira, arranca a rolha com os dentes, cheira. Corre até mamãe, que ainda está deitada na porta de entrada. Bözsi joga o vinagre rapidamente em seu rosto para despertá-la. E, de fato, mamãe espirra uma vez e abre os olhos. Olha para Bözsi, mas sussurra para Lili:

"Seu querido e bom pai infelizmente ainda não está aqui. Está em Welsben, na Áustria. Depois que o libertaram foi levado para um hospital com infecção intestinal, em maio, e desde então não tenho nenhuma notícia dele. Espero que o bom Deus o ajude e que volte para casa, para que possamos finalmente celebrar a vida juntos."

Lili não tinha certeza quanto ouvia da leitura da carta e quais eram os trechos que ela com certeza, sem sombra de dúvidas, ouvia na voz da mãe, como se a mãe também estivesse sentada naquela cabine abafada e nas partes mais importantes tomasse a palavra. Ali mesmo estava um exemplo, dois trechos lidos naquele momento por Sara:

"De 8 de junho em diante, desde que o marido da nossa querida prima Relli voltou de Auschwitz, moro com eles, e vou ficar aqui até que um de vocês volte para casa. Mas venham logo, querido Deus!"

O cheiro penetrante do vinagre toma toda a casa. Mamãe se

levanta com dificuldade com a ajuda de Bözsi, se apoia na pia da cozinha e lava o rosto. Depois se senta no banquinho, estende o jornal sobre os joelhos, lê sete vezes seguidas o anúncio, até ter certeza de que aquelas poucas linhas jamais serão esquecidas.

"Nem sei por onde começar. O que você faz durante o dia? O que você come? Com que aspecto você está? Você está magra? Você tem roupa de cama e toalha de banho? Nós, infelizmente, fomos saqueadas de tudo, da roupa branca que mandamos para o interior não recebemos uma única peça de volta, nem os tecidos, os casacos de inverno, os vestidos, enfim, nada. Por isso, não fique muito alvoroçada, minha menina..."

Esse monólogo, dito de um fôlego só, Lili ouviu na voz da mãe. Esse "minha menina" ela dizia de um jeito incomparável! Minha menina, minha menina, minha menina... Meu Deus, que coisa boa!

Svensson não entendia uma palavra da carta, mas seu rosto brilhava de alegria e orgulho assim como o de todas as moças húngaras naquele vagão. Sara olhou em volta, engoliu saliva, continuou.

"Agora, uma boa notícia: seu piano novo está aqui, o que você ganhou do seu querido papai no seu aniversário de dezoito anos! Eu sei que isso vai alegrar você, minha Lili."

Mamãe está sentada no banquinho. Enquanto ela alisa o jornal recém-impresso, em sua mente já pensa na carta que irá escrever, com um pequeno sorriso nos lábios. E logo começa. Há dez meses que ela a escreve todas as noites, agora não custa nada, sabe cada vírgula, já consultou a ortografia correta mil vezes, um milhão de vezes, ela não há de cometer erros bobos num texto tão importante. Fala sozinha, cantarola.

"Vida minha, se você tiver oportunidade, tome banho de luz com lâmpada de quartzo nas mãos, nas pernas, aliás, na cabeça também, pois imagino que aquele seu lindo cabelo ondulado esteja mais ralo por falta de vitaminas. Talvez você tenha tido tifo também. Então, não fique desleixada, minha linda menina. Eu gostaria que, se com a ajuda de Deus você voltar para casa, que você seja tão resplandecente como era antes."

Alguém, talvez uma das enfermeiras de pelerine do grupo de Svensson, correu até o chefe da estação, para que não desse início à partida do trem enquanto o doutor estivesse a bordo. Svensson, no entanto, nem se mexia, só apertava a mão de Lili. Os corpos das moças se prensavam uns aos outros dentro da cabine, os rostos brilhavam. A voz de Sara atravessava a janela aberta e preenchia também a plataforma vazia.

"Do pobre Gyuri não temos notícia, mas os quatro Kárpáti estão aqui. Bandi Horn dizem que está preso na Rússia. Zsuzsi não está no anúncio, o que você sabe sobre ela, minha querida e linda filha, já que vocês partiram juntas?"

Na garganta de Lili o nó começou a crescer. Lili e Zsuzsi, sua prima, estavam dormindo abraçadas no chão do fétido barracão do campo quando ela partiu, em asas de borboleta, com um sorriso nos lábios e com o corpo cheio de feridas provocadas por milhares de piolhos. Quando ela morreu, em qual momento? Sobre esse assunto, Lili também jamais vai falar.

Mamãe, na cozinha que recendia a vinagre, parece que percebeu que penetrara em campo minado. Fica quieta, uma gota de água cai macia da torneira da pia. Em seguida, olha para Bözsi e começa a chorar. Bözsi a abraça, choram juntas.

Lili ouve claramente como mamãe, com a cabeça enfiada no pescoço de Bözsi, soluçando, diz:

"Queria apenas abraçar vocês contra o meu corpo, não tenho outro desejo na vida, desejo apenas isso. Esperamos você, e a beijo um milhão de vezes, sua mãe que a ama com grande paixão."

Lili também entrou em transe, não se lembrava mais de

quando Svensson e as enfermeiras saíram da cabine. Disseram que o médico e elas a abraçaram com cerimônia e a beijaram antes de descerem do trem. Mais tarde, o médico e sua equipe permaneceram parados na plataforma, sem proteção, enquanto a neve caía ininterrupta, e que eles pareciam uma grande escultura, que lá ficaram, sem desgrudar os olhos, até que o trem desaparecesse numa curva.

Minha querida e única Lili, nem sei dizer como fiquei incrivelmente feliz pela sua notícia! Você viu como eu sabia, sabia que ainda ao longo dessa semana você receberia uma carta de sua mãe! A cada minuto eu amo você mais e mais! Você é uma moça tão doce e boa! E eu, um garoto mau e execrável. Mas você vai me consertar, não é?

12.

Numa manhã, meu pai sumiu do acampamento de Avesta. Até o meio-dia ninguém deu por sua falta.

Os primeiros a notarem sua ausência foram Harry e Frida, que estavam acostumados com meu pai rondando a portaria antes do almoço para comprar os dois cigarros que fumaria à tarde. Mas como meu pai não apareceu, Harry perguntou a Jakobovits onde e quando vira meu pai pela última vez. À uma hora, Lindholm também procurava se informar sobre o paradeiro de seu paciente favorito, que evaporara como cânfora. Então resolveram contar as bicicletas, mas não faltava nenhuma. E como meu pai também não aparecera para almoçar, começaram a se preocupar seriamente.

Lindholm enviou um carro para rastrear todo o acampamento e as estradas que levavam à cidade, no caso de meu pai ter ido ao correio por algum motivo e passado mal no caminho. Enquanto isso, telefonaram para todos os lugares a que ele poderia ter ido a princípio: o correio central, a doceria, a estação de Avesta. Mas meu pai não fora visto em nenhum lugar naquele dia.

No final da tarde, informaram a polícia e proibiram qualquer um de sair do acampamento.

Todos relacionaram o sumiço com o trágico suicídio de Tibor Hirsch. Meu pai o encontrara, estava lá quando cortaram a corda de Hirsch, depois passou dias sentado na cama, sem falar, não havia o que o consolasse. Mais tarde, Harry questionou se a proximidade do Natal não o fizera se esconder. Conversaram bastante sobre o feriado, mas muitos não o celebravam por razões religiosas. Segundo Grieger, porém, meu pai era socialista, e não tinha nenhum interesse pelo feriado, a não ser que uma pessoa como ele tivesse um motivo familiar.

A enfermeira-chefe Márta entrou na barraca, interrogou cada um separadamente, depois passou um longo tempo sobre as coisas do meu pai — e chegou perto de inspecionar a correspondência. Algumas cartas ele guardava organizadas numa caixa de papelão. Lá havia uns trezentos envelopes, enfileirados como soldados, entre eles os de Lili, amarrados com uma fita de seda amarela. Márta levantou a caixa, mas em seguida venceu a tentação. Decidiu que ainda era cedo e resolveu esperar mais uma noite.

Nesse momento, meu pai estava a sete quilômetros do acampamento, caminhando na floresta, a passos regulares, refletindo. Não conseguia explicar a si mesmo por que exatamente naquela manhã desabara sobre ele essa amargura que apertava seu coração. Que motivo especial havia para isso?

Essa manhã não fora diferente das outras. De madrugada, havia tomado a temperatura e em seguida partiu para o desjejum. Depois, escreveu uma carta para Lili. Jogou uma partida com Litzmann, logo caminhou até o hospital para retomar o assunto da visita de Lili planejada no Natal e para que Lindholm o examinasse.

Talvez por isso. Talvez por aquele olhar apático com o qual Lindholm o dispensara. Auscultara seu pulmão e fizera um gesto de indiferença com a mão. Fora aquele gesto! Meu pai parou na floresta de pinheiros. O vento sussurrava agradável. De repente, se deu conta de que aquele gesto de Lindholm, distraído e irrelevante, dera início a tudo, como quando alguém empurra a primeira peça de uma linha de dominós enfileirados. Vinha saindo do hospital e seu coração dera um nó. Nunca acreditara nesse diagnóstico idiota. Varrera-o, como sendo um engano. Que falem os sábios, ele mesmo sabe o que sabe!

Mas naquela manhã, o simples movimento do pulso de Lindholm o atingira como um soco na boca do estômago. Ficou sem ar. Ele ia morrer! Vai sumir, como Hirsch! Esvaziariam seu armário, trocariam sua roupa de cama. Isso é o que aconteceria.

E foi assim que partiu. Fugiu do acampamento, caminhou até o cruzamento e lá não virou à esquerda, em direção à cidade, mas à direita, e entrou na floresta. Raramente andara por ali. Primeiro, seguiu pelo asfalto, mas este logo terminou, e então prosseguiu por uma trilha. Depois, a trilha também acabou, virou apenas uma senda estreita e apertada, talvez fossem apenas rastros de um animal selvagem. Ele a seguiu. A trilha mais tarde se alargou, chegou a um campo largo e nevado.

Ali, na verdade, ele se perdeu. Não que isso o deixasse nervoso. Estava lhe caindo bem andar, e era até agradável confraternizar com a morte. Com o grande ceifador. Morrerá, e daí? Viveu, amou, isso foi tudo. Agora desaparecerá como os rastros do animal selvagem. Começou a declamar poemas. Primeiro, apenas mentalmente, depois, a meia-voz. Em seguida, aos berros. Andara entre pinheiros que tocavam o céu e declamara toda a literatura mundial. Attila József, Heine, Baudelaire.

No final da tarde, depois de um acesso de tosse, começou a sentir pena de si mesmo. Sentia frio, a bota estava úmida, e sentia-se tão cansado que precisou sentar sobre um tronco de árvore. Não se apaziguara, porém tampouco queria morrer congelado. Partiu em direção ao norte, pois supunha que o acampamento era naquela direção, embora não estivesse tão seguro quanto a isso.

Às oito horas da noite, Lindholm telefonou ao seu colega em Eksjö, Svensson. Não sabia que os pacientes do acampamento Smålandsstenar haviam sido transferidos havia dois dias para Berg. Svensson se espantou com o desaparecimento de meu pai, não conseguia pensar numa explicação, mas em todo caso deu o telefone do acampamento de Berg. Lindholm esperou até as onze horas da noite, mas como meu pai ainda não havia voltado, tomou a decisão de ligar para aquela moça húngara, que provavelmente era quem mais sabia sobre meu pai.

Por alguma razão, ligou da portaria, talvez porque assim poderia ficar de olho na estrada, pela qual o médico esperava que meu pai apareceria a qualquer momento.

As moças estavam em seu segundo dia em Berg. Elas também foram alojadas num barracão de madeira estreito e comprido, como aquele dos rapazes em Avesta. Já haviam se recolhido quando um mensageiro veio dizer que Lili era chamada no telefone do prédio principal. Lili pulou da cama e jogou em cima de si um casaco. Corria. Sara a chamou, estava com mau pressentimento, ela também vestiu a bota e acompanhou Lili.

No momento em que ouviu a voz fraca de Lili dizer um

hesitante e assustado "alô" ao telefone, Lindholm viu meu pai na estrada se arrastar lentamente em direção do portão.

— Lili?! Já vou passar o telefone para o Miklós!

Ele gritou isso ao telefone, embora pudesse prever que levaria no mínimo cinco minutos até Miklós chegar até a portaria.

— Fique aí! Ele já vem!

Meu pai não acreditava que conseguiria voltar para casa. Quando decidiu escolher não morrer congelado, e seguindo seus próprios passos na neve, virou para o norte, e logo em seguida foi tomado pela insegurança. Ele tinha a sensação de que andava em círculos. As pegadas de sua bota na neve esvaneciam, às vezes se duplicavam, e inclusive uma vez — seria capaz de jurar — seguia os rastros de um urso. Ficou aterrorizado. Felizmente, reencontrou os contornos de sua própria bota.

Houve um momento em que definitivamente não soube como agir, quando as suas pegadas de repente sumiram no meio de uma trilha, como se asas tivessem feito voar aquele andarilho. Antes estava lá e agora não estava mais.

O sol se pôs, o frio se instalou. Meu pai prosseguia com enorme esforço, os pés feridos, a cabeça latejando, tossindo sem trégua. A lua em forma de foice, estreita, mal iluminava a floresta. Tombou muitas vezes, caiu de joelhos na neve macia que se desfazia. Havia perdido toda a esperança. Sabia que era permitido parar, reuniu toda a energia restante e concentrou apenas em caminhar — um-dois, um-dois, um-dois. Mas sua alma já entregara os pontos. Pensou ouvir o bramido de algum animal, talvez um ulular, achava, mas não tinha certeza de que na Suécia, no inverno, houvesse corujas. "O pio da coruja anuncia a morte" — é uma boa frase para começar um texto, mas quando poderá colocar isso no papel? Nunca. Nunca mais.

E então ele viu a portaria, o portão, e, por trás das grades da janela, o telefone nas mãos de Lindholm. A pergunta, é claro, é se não estaria sonhando.

Levou uns dez minutos até meu pai completar os últimos cinquenta metros. Entrou na cabine da portaria, Lindholm olhou para ele e enfiou o telefone em sua mão.

— Lili Reich. É verdade que você quer falar com ela, Miklós?

Lili não sabia o motivo daquele intervalo de tempo. Mas, como aquele homem desconhecido de Avesta a tranquilizara, de que logo passaria ao meu pai, pensou que talvez houvesse algum problema com a linha. O aparelho cricrilava em seu ouvido.

Bem mais tarde, ouviu a voz desfalecida de meu pai.

— Sim?

— Você está bem?

O que meu pai poderia responder?

— Bem. Muito.

Lili se tranquilizou.

— Nós fomos transferidas, imagine!

— E?

— Você não consegue nem imaginar! É horrível! Simplesmente horrível! Nem queria escrever a você sobre isso! Você se incomoda de eu estar me queixando?

Os músculos em volta da boca de meu pai foram descongelando. Mal conseguia soletrar as palavras.

— Não me incomodo.

Queria ganhar tempo, com os dedos rígidos tentava massagear o rosto. Lindholm também o incomodava, mantinha-se tão próximo que meu pai tinha que se encolher para não encostar nele.

— Como é? Me descreva... — perguntou afinal.

— São blocos de madeira, caminhos estropiados, terrível.

De madrugada, não consegui dormir de tanto frio. Acordei de manhã com febre, dor de garganta.

— Sei, entendo.

— No meu bloco não tem nem um cantinho onde possamos sentar. Não tem cadeira nem mesa. Passamos o dia zanzando lá fora como cachorros expulsos de casa. O que é que você me diz disso?

— Entendo.

Meu pai estava bloqueado. Sentia-se vazio. Seria tão bom se abandonar e fechar os olhos. Lili percebia que meu pai não estava agindo como sempre. Em geral, ele era entusiasmado, provocante, quase não a deixava falar. Agora havia um silêncio denso inimaginável. Tentou de novo.

— Desde de manhã estou de novo nervosa demais e mal--humorada! Eu queria mesmo era chorar. Não estou encontrando o meu lugar. Estou com tanta saudade de casa!

— Entendo.

Lili ficou confusa. A voz de meu pai era como de um estranho. Gelada. Quase hostil. Permaneceram os dois em silêncio por um tempo.

Ontem, ao telefone, foi terrível — eu não conseguia falar direito. Eu queria dizer que a amo demais, que sou solidário a você. Desculpe-me se eu não disse, mas foi assim que me senti... Agora, são apenas mais alguns dias e a verei!

Lili ainda sussurrou no telefone.

— Então...

Mas meu pai não conseguia mais do que isso, apenas aquela palavra de três sílabas. Repetia isso, como um papagaio.

— Entendo. Entendo.

— Você está bem?

— Estou.

O sangue desapareceu do rosto de Lili. Murmurava.

— Gostaria que você escrevesse um correio aéreo para mamãe. Agora que temos o endereço dela... E que você contasse tudo sobre nós...

Lindholm via que meu pai queria dormir, sonhar, que não desejava outra coisa.

— Está bem. Sem falta.

Ficaram de novo em silêncio.

Ontem, quando desliguei o telefone, fui tomada por uma sensação estranha... Como se tivessem jogado água fria em cima de mim! Sua voz soava tão desconhecida e fria, que de repente me ocorreu: será que você não me ama mais?

Clic. A linha se rompeu. Lili estava em pé, branca como um cadáver. Sara deu o braço para a amiga e caminharam juntas.

— A voz dele soava estranha. Alguma coisa deve ter acontecido.

Sara procurava entender.

— O amigo que se suicidou. Deve ser por isso. Ele tem tantos problemas, coitado...

De braços dados foram tentando encontrar o caminho de volta. Lili não fechou os olhos nem um minuto naquela noite.

13.

No dia seguinte, organizaram uma noite dançante por ocasião da inauguração do acampamento. No barracão em forma de hangar, que chamavam de refeitório em tom de gozação, conseguiram colocar uma orquestra. Eram três músicos — piano, bateria e saxofone. Tocavam música sueca animada. Algumas moças dançavam entre si, não as incomodava que no salão os únicos homens eram os músicos. Mas a maioria permaneceu sentada às mesas de madeira, com toalhas e enfeites para a ocasião, e, distraídas, olhavam para o nada. Havia cerveja e bolinhos de bacon e linguiça.

Lili, Sara e Judit Gold se acomodaram separadas das outras. Dois homens entraram no refeitório, informaram-se sobre algo aos sussurros e em seguida caminharam na direção delas. Ao se aproximarem, um deles tirou o chapéu:

— A senhorita é Lili Reich?

Lili permaneceu sentada. O homem falou com ela em sueco e ela respondeu em alemão:

— Sou eu.

O homem sacou uma tira de tecido de lã do bolso e passou para a língua alemã:

— Reconhece?

Lili deu um salto, arrancou o pedaço de tecido da mão dele.

— Sim!

Passou a mão na lã, as bolinhas cutucavam as pontas dos dedos. Deu para Sara, para que ela investigasse:

— Examine você também! Esse é o tecido do meu casaco, não é?

O outro homem também tirou o chapéu:

— Senhorita, preste atenção. Sou o encarregado da região de Svynka em Eksjö. Ele é o porteiro do hospital, meu colega Berg.

O colega Berg bateu com os calcanhares. Assumiu o controle:

— Quando vasculhamos o hospital de Eksjö, encontramos aquele pedaço de tecido de três metros e meio de comprimento e noventa centímetros de largura, de lã, do qual a senhorita deu queixa de roubo. Em um corredor, no armário dos apetrechos e instrumentos médicos, na parte mais baixa. Consegue me acompanhar, senhorita?

— Sim.

— Bom. O tecido foi todo cortado em tiras de alguns centímetros.

Pediu o pedaço de lã de volta e mostrou-o. Lili, pasma, mantinha-se em pé. A orquestra tocava uma música lenta, os pares de mulheres se balançavam mais sentimentais no salão. Lili queria ter certeza de que entendera bem as palavras em alemão. Virou-se para Sara.

— Eu ouvi bem? Cortaram em tiras?

Sara, espantada, confirmou com um aceno de cabeça.

O encarregado da região de Svynka acrescentou:

— Pensamos que a pessoa não queria roubar o tecido. Apenas queria inutilizá-lo.

A orquestra mudou. Seguiu-se uma polca fresca, com ritmo. Apenas dois pares continuaram dançando, vigorosos. Lili, enrijecida, olhava para a tira de tecido, conforme voejava solitária entre os dedos do imenso porteiro do hospital militar.

— Hoje já seria difícil determinar quem fez isso. Mas se a senhorita desejar, interrogaremos as suas colegas — mostrou o salão. O encarregado da região de Svynka continuou: — Seria muito trabalhoso, mas se assim desejar...

Lili sinalizou com as mãos que não era preciso. A voz não saía de sua garganta. E não conseguia tirar os olhos da sobra do jamais confeccionado sobretudo, daquele pedacinho de quatro centímetros que continuava dançando entre o polegar e o indicador do porteiro.

Em silêncio, decididas, as três jovens caminhavam pelo passeio do acampamento de Berg, no escuro, entre os barracões de madeira. Escondiam as mãos nos bolsos da jaqueta do uniforme. O ar gelava, o vento sibilava. De repente, Lili parou e resmungou como que para si mesma:

— Quem me odeia tanto?

Sara supôs entender.

— Invejam a sua sorte.

Judit Gold quase explodia.

— Eu, no seu lugar, não teria deixado assim. Que investiguem quem foi a jovem que fez isso! Gostaria de olhar bem nos olhos dela!

Sara deu de ombros.

— Como se pode descobrir uma coisa assim?

— Sei lá! Podem ficar conversando com as jovens. Mexer nas coisas delas.

Lili deu uma risada amarga.

— Estamos procurando uma tesoura? Ou uma faca?

Judit Gold insistiu:

— Eu sei lá! Tesoura, faca, alguma coisa. Pode ser um pedacinho de lã!

Continuaram a caminhar. Sara imaginou.

— Claro, ela usa bem junto dela! Acima do coração! Juditinha, você é ingênua demais!

— Eu só estou dizendo que é preciso andar atrás de coisas assim. Não se pode deixar os assuntos morrerem. É o que eu penso.

Lili prestava atenção no chão sujo, gelado, diante de seus pés.

— Pois eu não quero saber. O que eu poderia dizer a ela?

Judit Gold, em sua violenta sede de vingança, ciciou:

— O que é preciso. Cuspiria nela.

Lili não estava tão certa disso, ela se mostrava como uma pessoa com alma.

— Eu? Nem pensar. Eu teria pena dela.

Lindholm não perguntou para onde meu pai havia ido e por que o tinha feito naquele dia longo e impiedoso. Encomendou um banho de banheira com água quente e enfiou-lhe uma porção de antitérmicos. Após três dias, no entanto, considerou que era sua obrigação informar pessoalmente sobre sua decisão final. Lindholm e meu pai sentaram-se no sofá como dois bons amigos.

— Eu sei que isso o amargura, Miklós, mas não posso ajudar na vinda da sua prima agora no Natal.

— E por qual motivo?

— Não tem lugar. O barracão de expedicionários está lotado. Mas esse é apenas um dos motivos.

— E o outro?

— Eu o deixei ir para se despedir, na última vez. Lembra-se? Mesmo se você fosse uma pessoa saudável, o que não é, eu não consideraria correto a visita de uma mulher num acampamento masculino. O senhor, que é um amante da literatura, deve entender isso.

— O que eu devo entender?

— O senhor mencionou uma vez *A montanha mágica*. A corporalidade, como posso dizer, irrompeu. É perigoso.

Meu pai levantou de um salto e correu para a porta. Lindholm decidira que ele era incapaz de mudanças. O que acontecera aqui em três dias? Como pode ter se perdido a comunhão silenciosa e latente com o médico? Meu pai pesquisava com ferocidade uma estratégia de socorro com a qual pudesse cavar uma brecha na determinação de Lindholm. O caminho oficial! Esse ainda não havia tentado. Com a mão na maçaneta, se virou.

— Por favor, doutor, me dê isso por escrito.

— O que é isso, Miklós, nossa relação...

Meu pai falou num tom baixo, ameaçador:

— Nossa relação não me interessa. Quero isso por escrito! Com três cópias. Quero mandar para as autoridades superiores!

Lindholm também pulou do sofá. Perdera a cabeça, berrava:

— Vá para o diabo!

— Não vou para o diabo, vou para a embaixada húngara! O senhor limita meus direitos! O senhor é obrigado a permitir uma visita familiar. Quero sua opinião no papel!

Ninguém nunca falara assim com Lindholm. Ficou perplexo, trocaram um olhar frio por um longo segundo, e então, em voz pausada, disse apenas:

— Saia da minha sala!

Meu pai se virou e bateu a porta atrás de si.

Enquanto ia pelo longo corredor, de um modo que surpreendia a si mesmo, pensava friamente em todas as histórias. Do que se trata mesmo? Um médico limita sua liberdade de ir e vir. Esse é um bom argumento, de efeito, e, em grande parte, verdadeiro. Por outro lado, esse país os acolheu. Estão tratando de sua saúde. Lindholm pode argumentar que o controle da liberdade é de interesse médico. Ele poderia replicar a isso que a Cruz Vermelha Internacional paga sua parte, não os suecos. Ou seja, que ele, em última instância, deve gratidão e responsabilidade financeira à Lotta. Se ele desejasse, por exemplo, passar a noite de Natal num bar em Estocolmo, quem poderia impedi-lo?

Ficou confuso. O que é ele aqui, na verdade? Paciente? Fugitivo? Dissidente? Um visitante temporário? O seu status... Sim, era preciso estabelecer o seu status de algum modo. Mas quem faria isso? O governo sueco? A embaixada húngara? O hospital? Lindholm?

Atrás dele, à distância, a porta se abriu. O médico se precipitou e gritou:

— Miklós! Volte aqui! Vamos combinar!

Mas meu pai não tinha nenhuma intenção de discutir.

Minha querida e única Lili! Agora estou tão diabolicamente zangado e amargurado. Mas não vou entregar os pontos, vou dar um jeito!

De tarde, a cantina quase bocejava de tédio. Este era o único lugar para estar com os outros no acampamento de Berg. As moças não tinham muita escolha. Ou ficavam dentro das próprias barracas, rolando na cama, ou passeavam no frio cortante, ou sentavam-se às mesas no refeitório, esperando pelo jantar. Lili decidiu que naquela tarde tentaria ler o livro de Bebel. Meu pai já fizera comentários mais de uma vez e mandara o livro de capa macia havia dois meses. Lili tinha guardado o livro em vários lugares para que não o visse. O desenho da capa não era muito estimulante. Era um rosto de mulher. Seu olhar corajoso e duro parecia encarar o leitor com pupilas dilatadas e olhos esbugalhados, como se tivesse a doença de Graves, e seus longos cabelos soprados pelo vento a deixavam desgrenhada.

Lili leu durante dez minutos. Foi ficando cada vez mais zangada. Na quarta página, foi tomada de ira, fechou o livro com raiva e o jogou no canto mais distante do salão.

— Não dá pra ler isso!

Sara tricotava com a lã de cor horrível uma malha para meu pai.

— O que não dá para ler?

— Bebel. O título já me deixa nervosa. Como se pode dar um título como este? *A mulher e o socialismo*. Mas por dentro é ainda pior!

Sara deixou o tricô e foi até o livro, pegou e tirou a poeira. Trouxe-o de volta para a mesa, estendeu-o a Lili.

— É um pouco seco, é verdade. Mas se você conseguir avançar na leitura...

— Não vou avançar mais! É um tédio! Prefiro não ler nunca mais! Ele é muito chato, entende?

— No entanto, você poderia aprender muito com ele. Se não mais, pelo menos você saberia como pensa o Miklós.

Lili empurrou o livro para longe de si como se estivesse contaminado.

— Eu sei como ele pensa. Esse livro é ilegível.

Sara suspirou, continuou tricotando.

161

Meu querido Miklós, vou mandar de volta dentro em breve o livro de Bebel. Aqui, infelizmente, as circunstâncias e os nervos não são propícios para uma leitura como essa, que requer paciência.

Nas janelas imensas e sujas da cantina, a luz penetrava cinza. Em uma delas, Judit Gold espiava para dentro do salão, inspecionava se Lili e Sara estavam lá, juntas. Até assim, em meio a uma conversa comum, elas pareciam compor um todo. Judit Gold com frequência, ao lado delas, se sentia supérflua, mas nunca antes lhe batera tão forte essa percepção de solidão. A partir de agora, será sempre assim? Ela nunca terá alguém? Está bem, um homem não virá, disso já desistiu. Mas não haverá nem uma amiga verdadeira para toda a vida? Ela terá sempre que se submeter? Humilhar-se por um afago? Ser grata por uma boa palavra, um conselho ou uma proximidade? E quem é essa Lili Reich?!

Afastou-se da janela, começou a caminhar em direção a um dos barracões, apressada. Os dormitórios foram arrumados para doze pessoas, com camas de ferro. Os armários de aço ficavam numa antessala. Judit entrou, abriu um dos armários com chave e tirou uma mala da parte superior. Era amarela, enfeitada com fecho de cobre, presente de uma prima de Boston, a única parente que lhe restara, e tinha sido enviada cheia de latas de peixe. Sardinhas do Báltico, cavalas e arenque. Comeram de tudo e distribuíram o resto. Judit de vez em quando pegava a mala, alisava-a, e se imaginava desfilando com ela pela rua principal de Debrecen, onde morava antes da guerra. Mas é possível que não volte a Debrecen. Quem ela deixara por lá? Talvez fique aqui, na Suécia. Arranjaria um trabalho, um marido, um lar. Sim, senhor, um marido! Quem sabe?

O destino às vezes é generoso com os resistentes.

Estava sozinha no barracão. De uma bolsa lateral da mala,

retirou uma carteira. Ela o havia escondido nessa carteira. Agora o tirou e o apertou na mão. Não tinha explicação para isso, para tê-lo escondido. Afinal, por que quis conservá-lo? Poderiam tê-lo encontrado a qualquer momento. Embora não tivesse medo. Quem teria coragem de procurar na sua mala? Mas, e se... E se os dois sujeitos mal-encarados de Eksjö quisessem ir até o fim daquele mistério? Quem sabe? Melhor sumir com isso...

Além disso, aquele tecido queimava a palma de sua mão — a lã cara, com bolinhas, que ela cortara em tiras com tanta luxúria numa madrugada em Eksjö. Ela tinha um bom motivo. Nenhum ser humano poderia julgá-la por isso! Ninguém!

Judit Gold correu para o banheiro e trancou a porta. Como despedida, cheirou o pedacinho de lã mais uma vez, depois o atirou dentro do vaso. Deu um profundo suspiro e acionou a descarga. Chiando e borbulhando, a água se precipitou.

14.

Lindholm sofreu algumas noites de insônia enquanto meditava sobre o assunto, mas finalmente decidiu ligar para Lili. Partilhou suas dúvidas com Márta. A enfermeira-chefe anã ficara com o coração tocado pelas andanças de meu pai na floresta da região. Ela também via assim, que os fios se embaralharam, que uma conversa esclarecedora não faria mal a ninguém. Lindholm pediu a Márta para que estivesse presente, como observadora imparcial, e que lhe sinalizasse se achasse que ele estava indo longe demais.

Depois das preliminares usuais, passou logo ao essencial.

— A fuga de Miklós de um lado é uma busca de libertação natural. Por outro...

Lili na cabine da portaria do acampamento de Berg, sozinha, apertou o telefone ao ouvido. Tinha esperança de que a chamada fosse de meu pai. Correu feliz, atravessando metade do acampamento, e isso requeria tempo, pois seu coração estava disparado, mas logo os batimentos diminuíram quando ouviu a voz de Lindholm. Gostaria que o médico entrasse logo no assunto.

— ... por outro?

— Por outro lado, no entanto, foi uma confrontação com a realidade. Eu estou tratando dele há cinco meses, cara Lili. Sabe, nunca, nenhuma vez, ele olhou a doença de frente. A confrontação deve ser compreendida ao pé da letra. Eu estou me preparando para lhe dizer algo cruel, cara Lili, a senhorita está preparada?

— Estou preparada para tudo. E também para nada, doutor. Mas diga.

Lindholm, em sua confortável poltrona de couro, inspirou com intensidade.

— Miklós deve encarar a morte como sua inimiga. Desde que eu o estou tratando, tivemos que drenar seu pulmão quatro vezes. Sabemos como tratar a doença dele. Curar, não. Ele, por heroísmo mal compreendido, evitou falar consigo sobre o verdadeiro diagnóstico. Por defesa, é como dizemos tecnicamente. A senhorita ainda está aí, Lili?

— Estou aqui.

— Agora, quando se perdeu na floresta com plena consciência do que fazia, foi a primeira vez em cinco meses que ele permitiu que a verdade penetrasse na torre de marfim que construiu para si mesmo. Chegamos a um ponto de virada importante. Cara Lili, ainda está aí?

— Estou aqui.

— Eventos traumáticos podem ser esperados para breve. São imprevisíveis. Gostaria que me ajudasse nisso, querida Lili. A solução não é fortalecer os desejos absurdos de Miklós. Ainda está aí, cara Lili?

— Estou aqui.

— Esse casamento que ele está planejando com a senhorita não é apenas impossível e irresponsável. Eu diria que, nesse ponto, pode ser até prejudicial. Miklós já não consegue manter a realidade e seu mundo imaginário unidos. A senhorita sabe, cara Lili, o que significou, na verdade, para Miklós, do ponto de vista simbólico, a andança?

— O que você quer dizer com do ponto de vista simbólico?

— Um alarme. Ele o tocou para mim, seu médico, e para a senhorita, cara Lili, que o ama.

— O que você espera de mim?

— É preciso dar fim a essa comédia. Com sinceridade. Com amor. Com sensibilidade.

Lili, durante a conversa, encostou-se na parede da cabine. Agora, ela afastava o corpo dela.

— Preste atenção, senhor doutor. Eu respeito sua indiscutível aptidão profissional. Sua rica experiência. Os ganhos de todo o mundo com o conhecimento médico. Suas pílulas, seus raios X, seus vomitórios, suas seringas. Tenho respeito por tudo isso. Mas eu lhe peço, caridosamente, que nos deixe em paz! Deixe-nos sonhar! Eu lhe peço de joelhos, permita que não sejamos incomodados pela sabedoria! Eu rezo para que o senhor nos deixe simplesmente sarar! Ainda está aí?

Nesse meio-tempo, Lindholm fez sinal para Márta se aproximar, agora ouviam juntos a ardorosa mensagem que saía do bocal. Com esforço e tristeza, espremeu a resposta:

— Estou aqui.

Dois dias antes do Natal de 1945, meu pai tomou a decisão de dar um passo desesperado. Convenceu Harry de, sem autorização e sem dinheiro, tentar chegar até Berg. Dividiu, somou. O caminho oficial fora descartado. Penetrar num sistema legal desconhecido poderia resultar numa guerra sem fim envolta em neblina. A sua sabedoria lhe dizia isso, mas os instintos lhe sussurravam outras coisas.

Até Berg é necessário fazer três baldeações. Três trens, três cobradores. Ele e Harry são bons de enrolação. Além disso, trata-se de dois magricelas malvestidos, visivelmente doentes. Não haverá um profissional burocrático que não se compadeça deles. Tentativa e sorte.

No dia de Natal, saíram para passear de tarde, cruzaram a portaria, caminharam até a cidade, até a estação, e se agarraram num trem que acabara de partir.

Qual a sua opinião, querida Lili? No próximo número de Via Svecia *poderia estar o seguinte texto "Estamos noivos". Só isso! E os nossos nomes.*

Querido Miklós! Escreva também para a minha mãe! Como você vai arranjar dinheiro para isso? Aquele seu conhecido, o bispo, já escreveu para ele?

Na primeira experiência, falharam. O cobrador olhou para eles, espantado, e repetiu duas vezes:

— As passagens, por favor.

Meu pai sorriu gentil.

— Não temos. Não há dinheiro para comprar. Somos húngaros acolhidos em Avesta.

O cobrador não ficou nem um pouco emocionado.

Na estação seguinte, ele os fez descer e imediatamente informou o caso ao chefe da estação.

No final, conseguiram se distanciar de Avesta dezesseis quilômetros. Algumas pessoas tomaram providências para que os dois fugitivos fossem transportados de volta ao acampamento, de ônibus. Nesse percurso, de fato, não havia mais necessidade de passagens.

Enquanto isso, em Avesta, uma diretoria de peso se reuniu para punir o comportamento renitente de meu pai.

Minha querida e única Lilizinha! Faz meia hora que nos arrastaram de volta para o meio de uma imensa batalha. Foi um escândalo tão violento, que nem consigo descrever.

Lindholm fez o novo raio X de meu pai. No dia seguinte, mandou chamá-lo para reavaliar o resultado. Meu pai sentou e, com os olhos fechados, começou a praticar o desafio do destino. Ele jogava o peso do corpo sobre as duas pernas traseiras da cadeira, erguendo a parte da frente no ar. Agora só era necessário se concentrar, manter o equilíbrio, empurrar cada vez mais alto o ponto de apoio. Se ele conseguisse ficar no ponto mais alto, digamos, por cinco segundos, então estaria curado. Definitivamente.

Enquanto isso tudo ocorria, conversava com Lindholm sobre as consequências de sua fuga. O médico hoje estava manso, compreensivo.

— Agora foi longe demais, Miklós. O diretor do acampamento e o superintendente estão furiosos.

Meu pai subia cada vez mais, sua ginástica o empurrava cada vez mais para trás do assento.

— O que podem fazer?

— Vão transferi-lo.

— Para onde?

— Parece que para Högbo. Numa aldeia do Norte. Minha opinião médica não vale nada.

— Por quê? Porque tentei ir até onde está minha prima?

— Por insubordinação. Fuga. Não esqueça, Miklós, em pouco tempo esse é o seu segundo sumiço. Mas quero que saiba: eu não guardo rancor. Na verdade, eu até entendo. O senhor com certeza pensa que tanto faz.

Meu pai se aproximava do ponto alto. Ele vai cair com a cadeira ou não? Essa era a verdadeira questão. Perguntou:

— O que o senhor viu ontem no meu pulmão?

— Não tenho boas notícias para lhe dar, embora eu queira. Cada novo exame, como o de agora, infelizmente comprova que o seu pulmão...

Puff. Meu pai bateu com raiva as pernas dianteiras da cadeira no chão. Olhou para o médico.

— Eu vou me curar!

Lindholm estremeceu quando os pés da cadeira caíram com um baque no piso. Tentava evitar o olhar de meu pai. Levantou, estendeu a mão.

— O senhor é uma estranha figura, Miklós. É ao mesmo tempo ingênuo e obsessivo. É teimoso e um maluco de quem se gosta. Eu me afeiçoei ao senhor. Sinto muito que devamos nos separar.

Meu pai não deu a mínima importância à expulsão de Avesta. Imediatamente procurou no mapa seu novo local de hospedagem, Högbo. O que o incomodava mais é que estaria a uma distância maior de Berg. Caminhou até o quarto da enfermeira-chefe.

— Gostaria de lhe pedir emprestada de novo a mala.

Márta, a Mickey Mouse, sem dizer uma única palavra, se aproximou de meu pai, se pôs nas pontas dos pés e deu um beijinho em seu rosto. Mais tarde lhe deu instruções.

— Não se esqueça de tomar seus remédios de manhã. E abandone o hábito de fumar. Prometa. Apertemos a mão em compromisso.

Deram-se as mãos.

De tarde, meu pai começou a empacotar suas coisas. Decidiu doar tudo que era supérfluo e que tentaria colocar naquela mala já tão conhecida toda a sua vida. A roupa de cama não ocupou muito espaço, mas tinha muitos livros, anotações, jornais. E finalmente, as cartas! Os envelopes dentro daquela imensa caixa de papelão.

Meu pai considerou sua expulsão do acampamento um fato altamente simbólico. Agora, finalmente jogava fora tudo que o mantinha preso. Vinha se preparando para isso havia algum tempo, mas, por alguma razão, não conseguia ir adiante. Pegou a caixa e tirou um pacote grosso amarrado com uma fita de seda. Eram as cartas de Lili. O resto, sua criação de cinco meses, entre elas as cartas de Klára Köves, uma menina de dezesseis anos da região de Nyirbátor que lhe escrevia relatos ingênuos, duas viúvas de Erdély com suas queixas, e todo o resto, tomou tudo isso nos braços e foi até o banheiro. A verdade é que, quando retornou de Eksjö, ainda mantinha correspondência com oito moças. Nessa ocasião, no começo de dezembro, escreveu às oito que passara a ser um noivo feliz e que estava desesperadamente apaixonado. Duas lhe enviaram parabéns.

Levou aquele respeitável bolo de cartas até o chuveiro e ateou fogo. Enquanto olhava os milhares de palavras transformando-se em cinzas, concluiu com malícia que aquele cavalheiro escrevinhador, que fora durante algum tempo, estava sendo incinerado no mesmo fogo.

Foi então que ouviu o som do violino.

Esperou as cartas chegarem ao fim e caminhou de volta à barraca.

No meio do dormitório, Harry estava em pé sobre uma mesa e tocava "L'Internazionale".

De repente, os outros rapazes também apareceram. Alguns,

de debaixo da cama, outros, de detrás dos armários, outros ainda, de detrás da porta — fora tudo planejado. Assim, do nada, surgiram os dez companheiros, como numa apresentação teatral. E cantaram juntos a marcha socialista:

De pé, ó vítimas da fome!
De pé, famélicos da terra!
Da ideia a chama já consome
A crosta bruta que a soterra.
Cortai o mal bem pelo fundo!
De pé, de pé, não mais senhores!
Se nada somos neste mundo,
Sejamos tudo, oh, produtores!

Lá estavam os amigos de meu pai. Laci, Jóska, Adi, Miklós Farkas, Jakobovits, Litzman. Harry continuou tocando como se nada tivesse acontecido.

No dia de hoje me transferem para Högbo por insubordinação, subversão, incitação e desobediência. Meus dez amigos imediatamente declararam que não vão permanecer aqui nem por um segundo sem mim. Então vão comigo Laci, Harry, Jakobovits...

Os rapazes foram saindo, carregando meu pai junto. Cantando, passaram para o prédio principal. Na frente ia Harry com seu violino, atrás dele, a tropa.

Todos saíram para o corredor às dúzias, os médicos, as enfermeiras, os profissionais burocráticos. Só agora viam a quantidade de gente necessária para tocar aquele negócio. Uma quantidade enorme de rostos que meu pai jamais havia visto aparecera. Muitos nunca haviam ouvido na vida essa canção mobilizadora e simbólica, ainda por cima em húngaro. Mas o modo como aqueles rapazes marcharam, de braços dados, com galhardia, só isso já era um triunfo.

Meu querido Miklós, estou tão triste que nosso desejo de nos vermos outra vez tenha acabado causando tantos problemas...

Querida Lili, todos os momentos que passamos juntos valeram uma vida para mim, de tanto que a amo. Sabe, se penso nos longos meses que nos separam até que possamos ficar juntos para sempre, logo fico de mau humor!...

Meu querido Miklós, meu único amor! Vou tentar resolver aqui em Berga para poder ir ao seu encontro.

A diretora de Berga ofereceu a cadeira para Lili se sentar naquele escritório puritano. Era uma senhora ossuda, de óculos, Lili seria capaz de jurar que jamais sorrira na vida. Havia uma caixa entre elas sobre a mesa.

— Cara Lili, fico feliz em vê-la. Acabei de falar com o sr. Björkman. — E indicou na direção do telefone. — Pediu que você telefonasse a ele assim que o pacote chegasse.

Ela empurrou a caixa em direção a Lili delicadamente.

— É seu. Pode abri-lo com calma.

Lili desfez o nó, rasgou a tampa da caixa. Retirou seu conteúdo e colocou sobre a mesa: dois tabletes de chocolate, algumas maçãs, peras, um par de meias de nylon e uma Bíblia. A diretora, satisfeita, recostou-se na cadeira.

— O sr. Björkman me pediu para que eu encontrasse uma família para a senhorita aqui em Berga.

Lili folheou a Bíblia, percebeu desapontada que era em sueco, portanto seria incapaz de ler uma única palavra.

— Vejo que usa o presente que a família lhe deu...

Lili pôs a mão imediatamente sobre a cruz de prata que usava sobre os seios.

— Sim.

— O sr. Björkman pediu para que lhe passasse esse recado: que a abraçam, que rezam pela senhorita. Estão felizes que reencontrou sua mãe. Gostaria se neste fim de semana eu intercedesse para que se encontrasse com uma família católica muito honrada?

Lili sentiu que chegara o momento certo. Planejara de antemão que não usaria estratégias, que não tentaria desenvolver o assunto aos poucos, mas que atropelaria a mulher como um exército de cavalaria.

— Estou apaixonada!

A mulher, diante dela, ficou surpresa.

— Como isso vem ao caso?

— Ajude-me, por favor! Eu me apaixonei por um rapaz, que exatamente agora foi transferido de Avesta para Högbo. Eu gostaria de viajar até lá! Eu preciso!

Finalmente dissera. Olhava para a mulher com o olhar mais suplicante possível. A mulher tirou os óculos, limpou-os com um lenço. Devia ser muito míope, franzia os olhos como uma pessoa com dificuldade de enxergar.

— Trata-se de um dos dois rapazes que fugiram de Avesta na semana passada?

Isso soou como uma fala hostil. Lili gostaria de poder explicar.

— Sim, mas eles tiveram suas razões...

A mulher a interrompeu.

— Condeno profundamente essas coisas.

Pôs os óculos de volta, olhava Lili com severidade. A jovem, teimosa, repetiu:

— Eu gosto dele! Ele também gosta de mim! Queremos nos casar!

A diretora ficou perplexa. Essa era uma nova situação, exigia reflexão.

— Como se conheceram?

— Por cartas! Nós nos correspondemos desde setembro.

— Já se viram alguma vez?

— Ele me visitou uma vez em Eksjö. Passamos três dias juntos! Eu serei sua esposa.

A diretora puxou para si a Bíblia, folheava-a. Só uma coisa estava clara: ela estava ganhando tempo. Quando levantou os olhos, uma tristeza tão grande emanava de seu rosto, que Lili quase teve pena.

— Deve ser brincadeira! Depois de quatro meses de troca de cartas a senhorita quer amarrar a sua vida a um completo desconhecido? Eu a imaginava como sendo uma moça mais séria!

Lili ficou surpresa em perceber que ela não conseguiria convencer essa mulher. Fez mais uma tentativa.

— A senhora é casada?

— Como isso vem ao caso?

A mulher fechou a Bíblia com raiva e ficou olhando para os dedos das mãos, feios e retorcidos.

— Uma vez tive um noivo. O final foi uma dolorosa decepção. Uma instrutiva e dolorosa decepção.

15.

A casa do rabino Emil Kronheim, em Estocolmo, não poderia ser chamada exatamente de confortável. Mas ela tinha um valor histórico que fazia com que falasse por si mesma: aqueles mesmos móveis pesadões e escuros serviram ao bisavô do rabino, a seu avô e a seu pai. Talvez até as cortinas de brocado desfiadas e sem cor, que cobriam as imensas janelas, tivessem mais de cem anos. O rabino se sentia em perfeita segurança nesse lar, nem lhe passava pela cabeça pintá-lo ou se mudar dali.

A louça suja empilhava-se na cozinha. A sra. Kronheim já não se incomodava havia tempos com o cheiro do arenque, que atingia as narinas do visitante com a força de um ataque de gás mostarda. Mas o rabino pegava cada vez um prato limpo diferente para colocar o seu arenque, e isso era razão de muitas brigas.

A sra. Kronheim agora também estava sentada na cozinha e observava sem forças os pratos oleosos espalhados por toda parte. Por onde começar?

O rabino gritou para ela da sala:

— Ouça isto! "Lili quer negar o seu judaísmo. Minha amiga

agora planeja se converter com aquele rapaz que a envolveu com suas cartas! O rapaz é um tuberculoso grave. E ainda por cima afirma, eu acho que mente, que conhece um bispo de Estocolmo. Eu lhe imploro, rabino, faça alguma coisa!"

O rabino estava sentado à mesa, dava uma lida por alto na carta enquanto, sem mesmo olhar, enfiava a mão no prato e agarrava bocados do peixe para jogar na boca.

A sra. Kronheim gritou de volta da cozinha:

— Quem escreveu?

O rabino, surpreso, constatou que o caldo salgado no qual o arenque estava mergulhado desenhara imagens místicas e misteriosas na toalha.

— Uma moça de cara redonda como a lua e bigode, uma tal de... — deu uma olhada no envelope, no qual o arenque também já deixara sua marca — uma tal de Judit Gold.

A sra. Kronheim pensava que, mais cedo ou mais tarde, teria que lavar a louça. Não ficou nada contente.

— Você a conhece?

— Sim. Uma vez, há meses, eu a visitei em Eksjö. Conversamos sobre as moscas.

— Imagino que isso é alguma lição de vida, de novo.

O rabino sumiu com outro arenque. Mastigava ruidosamente.

— É toda cheia de boa vontade e sentimentalismo. Sem medo de chorar.

A sra. Kronheim suspirou.

— Quem?

— Essa Judit Gold. Mas lá no fundo, no fundo do coração, sabe o que é isso?

A sra. Kronheim se ergueu com dificuldade, começou a recolher os pratos e, zangada, enfiou-os numa bacia.

— Você me dirá. Você é tão inteligente.

O rabino balançou a carta.

— Tristeza e perturbação doentia. É isso que ela tem. Essa é sua terceira carta. Ela denuncia a amiga repetidas vezes. E parece que não só a mim.

Meu pai e seus amigos leais foram acomodados numa pensão de dois andares em Högbo, uma pequena cidade do norte da Suécia. Um homem com a cabeça grande, de terno, os recebeu, um certo Erik, que se nomeou superintendente e leu as regras da casa. Tudo que pediam a eles é que estivessem na hora certa nas três refeições diárias. Uma vez por semana deveriam comparecer a Sandvik para exames físicos. Meu pai foi tomado pela definitiva sensação de que tudo isso não passava de um desperdício de tempo.

Amarguraram-se ainda mais quando subiram para ocupar os quartos. As vinte pessoas foram enfiadas em três quartos, nos quais eventualmente alojavam famílias num fim de semana. Havia sete camas. Os armários foram empurrados para o corredor. Erik espiava-os da porta, enquanto, desapontados, dividiam as camas entre si, com as malas no colo, adiando o momento de desempacotar as coisas. O superintendente ainda chamou a atenção para o fato de que não se podia fumar nos quartos e se afastou.

Moramos em sete num buraco de rato. Laci, Harry, Jóska, Litzman, Jakobovits, Miklós Farkas, o húngaro americano e eu. Por enquanto, nem armário nem mesa. Por sorte, temos aquecimento central. Mas as camas! Um saco de palha e um travesseiro, como só tive no reformatório.

Meu pai escolheu a cama embaixo da janela. Não deixou que o mau humor geral tomasse conta dele. Assobiava, tirou da mala a foto que mandara fazer ao lado de Lili, em Eksjö. Colocou-a no batente da janela, encostada no vidro. Espertamente, previra que no dia seguinte, quando acordasse, seu primeiro olhar cairia sobre o sorriso de Lili.

Na primeira tarde já foi com Harry para o centro da cidade e procuraram pela loja de joias. O superintendente já os avisara com antecedência que o dono era um velho malandro. Por cima da porta da loja, pendia um sino de cobre, que tocava quando alguém abria a porta. Harry trazia o violino na caixa.

O joalheiro, embora os fizesse esperar, foi gentil. Era grisalho, um cavalheiro dos pés à cabeça e usava gravata-borboleta lilás. Meu pai chegou com uma estratégia pensada e ensaiada:

— Gostaria de duas alianças.

O joalheiro sorriu.

— O senhor talvez saiba as medidas também?

Meu pai tirou do bolso um aro de ferro. Ele arrancara de uma cortina em Eksjö. Servia perfeitamente no dedo de Lili.

— Esse é o de minha noiva. A outra é para mim.

O gentil senhor pegou a argola, mediu o tamanho, mexeu atrás de si, e tirou uma gaveta do armário. Remexeu um pouco lá dentro, depois mostrou uma aliança.

— Aqui está!

Segurava um anel de ouro nas mãos. Pegou o medidor debaixo da prateleira, comparou o anel e a argola. Balançou a cabeça. Pôs o anel no bolso, e olhou maroto para meu pai.

— Poderia me mostrar o seu dedo?

Pegou a mão de meu pai e mediu o dedo anular. Cantarolava baixinho. Puxou outra gaveta e sem enrolação escolheu outra aliança de ouro. Estendeu-a.

— Experimente-a, por favor.

Meu pai pôs o anel, espantado com a exatidão de tamanho.

178

Não gosto do ouro, sempre acabo pensando em quantos senti-
mentos esquisitos, baixos e maus vêm grudados a ele. Mas vou amar
esses dois anéis, já que o fluxo de seu sangue se ligará ao meu...

Meu pai trocou um rápido olhar com Harry. Chegaram ao momento decisivo. Perguntou:

— Quanto custam?

O velho senhor ficou pensativo. Como se ele também ponderasse sobre quanta maldade se gruda a uma bagatela dessas. Então, finalmente disse de supetão:

— Duzentas e quarenta coroas. As duas.

Meu pai nem piscou.

— Por favor, eu estou morando numa pensão de Högbo, é uma questão de saúde, um acampamento, se é que o senhor não sabe.

O velho ajeitou a gravata-borboleta. Balançava a cabeça com atenção.

— Ouvi dizer alguma coisa.

— Por favor, vou introduzi-lo no assunto. Eu assumi agora uma tarefa significativa lá.

O joalheiro sorriu amigável.

— Ah, uma tarefa! Ótimo.

— Um trabalho pelo qual ganharei pagamento. Uma pensão mensal. Fiz as contas e em quatro meses posso juntar esse valor para o senhor. As duzentas e quarenta coroas.

Meu pai não estava mentindo. Naquela manhã, quando, com as malas no colo, a pequena colônia húngara percebeu sua lamentável situação, os rapazes decidiram escolher meu pai como representante deles. Meu pai prometeu que estava pronto para lutar por eles. Os poloneses e os gregos também, com um brado comum, decidiram que a cada mês tirariam um tantinho de suas mesadas. Esse valor foi destinado a ser o pagamento de meu pai.

O velho pareceu se emocionar. Apesar disso não gostaria de vender barato seus anéis.

— Em primeiro lugar, eu o parabenizo. Esse pode ser o início de uma carreira. Mas eu fiz à minha mãe uma santa promessa. Ainda em minha juventude, talvez com certa precipitação. Eu prometi a ela — sabe, senhor, nós somos uma dinastia de duzentos anos — que nunca, em nenhuma circunstância, venderia a prazo. O senhor deve me achar um homem de coração duro. Mas uma promessa feita à mãe, o senhor tem que admitir, é uma obrigação.

Meu pai, que preparara com antecedência a ação com dupla cobertura, balançava a cabeça com convicção.

— Eu sou húngaro. Gostaria que olhasse nos meus olhos. O senhor diria que sou um impostor?

O joalheiro deu um ligeiro passo atrás.

— De modo algum! Eu percebo o cheiro de um impostor a quilômetros, senhor. Posso afirmar com toda certeza, o senhor não é do tipo impostor.

Chegara o momento. Meu pai chutou Harry atrás do balcão. Harry suspirou, pôs a caixa do violino sobre a mesa. Com olhar triste tirou o instrumento e estendeu-o ao velho. Meu pai falava devagar, articulando as palavras pausadamente, julgava mais eficiente assim.

— Pois é, eu contava com isso, que o senhor não venderia a prazo para um estranho. Então pensei que, enquanto não consigo juntar o dinheiro de meu pagamento, eu deixaria aqui, como penhora, este instrumento. O valor deste violino é no mínimo quatrocentas coroas. Gostaria que o aceitasse.

O velho senhor colocou a lupa nos olhos e examinou o violino com atenção. O instrumento fora doado a Harry pela filarmônica sueca no verão, quando um dos jornais publicara uma matéria dizendo que um jovem violinista, de destino trágico, encontrava-se internado na ilha de Gotland. Valia muito mais do que quatrocentas coroas. Nem a mãe do joalheiro encontraria empecilho nessa negociação.

O rabino Kronheim desceu com dificuldade do ônibus interestadual. Seu pé adormecera na longa viagem, fazia um frio do cão, e ainda por cima voltara a nevar. Informou-se sobre onde era o acampamento feminino, e, com frio, se enrolou como pôde em seu casaco e se pôs a caminho.

Depois de alguns dias, surgiu uma ocasião em que meu pai pôde provar que ele corresponderia ao papel ao qual fora designado, em qualquer circunstância.

Estavam lá, sentados no pobre refeitório da pensão, os dez húngaros, os gregos, os poloneses e os romenos. Não se ouvia nada além do som irregular das colheres batendo nos pratos, mas, de repente, começaram a bater nas mesas, ritmados. Os rapazes, decididos, furiosos, bateram suas colheres com força e cadência até que Erik, o superintendente de cabeça grande, corresse até o refeitório.

— Qual é o problema, senhores? — gritou aflito, tentando se sobrepor ao som das mesas.

Todos pararam ao mesmo tempo. Meu pai pegou um garfo e se levantou.

Imagine, querida Lili, que homem importante me tornei! Escolheram-me como representante da pensão — "homem de confiança" é um trabalhinho banal, mas um pagamento de setenta e cinco coroas por mês...

Meu pai espetou uma batata na ponta do garfo, tirou-a do prato e a exibiu.

— Esta batata está estragada!

Perturbado, Erik passava de uma perna para a outra. Depois, como todos olhavam para ele, e ele bem que gostaria de corresponder ao seu papel de superintendente, se arrastou até o meu pai para cheirar a batata. Esforçou-se para não fazer uma careta.

— Tem cheiro de peixe. Qual o problema?

Meu pai segurava o garfo com a batata espetada como se fosse evidência de um crime.

— Estragada. Ontem já tinha um gosto suspeito. Mas hoje é ostensivo. Estragada.

O garoto grego, que jamais tirava o gorro da cabeça nem para dormir, deu um salto e gritou em grego:

— Vou escrever para a Cruz Vermelha!

Meu pai discretamente chamou sua atenção.

— Sente, Theo. Este é meu trabalho.

Apontou para a cadeira ao seu lado, com educação:

— Sente-se entre nós.

Erik hesitou. Meu pai puxou a cadeira para trás.

— Gostaria que a experimentasse.

O superintendente sentou cauteloso, na ponta da cadeira. Harry já trouxera um prato e talheres. Meu pai tirara a batata do garfo e a acomodara no centro do prato.

— Por favor. *Bon appétit*.

Erik, alarmado, olhou ao redor. Não havia clemência. Mordeu a batata. Meu pai também sentou ao seu lado, olhava-o impassível, enquanto mastigava e engolia. O superintendente tentou fazer uma gracinha.

— Ela tem um certo gosto de tubarão. Mas eu gosto de tubarões. É bem gostoso.

Meu pai, sem demonstrar qualquer emoção no rosto, pegou outra batata e colocou-a no prato de Erik.

— É mesmo? Então, se está gostoso, coma, senhor superintendente. Coma à vontade!

Erik, que não podia fazer mais nada, acabou também com a segunda batata. Essa já foi mais difícil de empurrar que a primeira, mas foi.

— Acreditem em mim, não há nada de errado com ela. Nada mesmo.

— Não? Então, por favor, coma à vontade.

Meu pai foi acelerando o processo. Espetava novas batatas no garfo e punha direto no prato. Construiu um montinho de batatas. Os rapazes já estavam em pé em volta deles.

Querida Lilizinha, imagine que o superintendente foi ficando pálido, mas se via que era pela causa, pois até o fim afirmou heroicamente que era comestível...

Erik considerou que era melhor passar rápido por aquele circo. Devorava as batatas.

— É bem razoável. Não é ruim. Decididamente, é bom.

Mas já estava com forte náusea, bebia água com frequência. Lutava heroicamente com a quantidade descomunal. Quando terminou de engolir a última batata, se levantou, se agarrou na beirada da mesa para não cair. Meu pai agarrou seu ombro, tentou virá-lo para si.

— O senhor também sabe que as Nações Unidas pagam até a casca da última batata! Os senhores não pensem que os moradores dos campos de concentração são indigentes que devem agradecer por batatas cozidas!

Os rapazes aplaudiram. Era isso que esperavam de meu pai, esse tom. Afinal, era para isso que o pagavam.

Erik arrotou, apertou a mão na barriga.

— Os senhores entenderam mal a situação.

Saiu correndo. Sentia uma dor de barriga tão forte que cravou as unhas no chão para não chorar compulsivamente.

16.

Em Berga, os almoços coletivos na cantina foram organizados juntando as mesas para compor três longas fileiras. Havia apenas duas ajudantes de cozinha para servir, então a cada semana três moradoras eram escaladas para ajudar. Mesmo assim, levava uma hora e meia até que as cento e sessenta moças fossem servidas.

O rabino Emil Kronheim foi acompanhado até o refeitório pela diretora, a senhora que não sorria. O rabino estava acostumado ao clima austero e militar dos acampamentos, mas aquela visão nunca deixava de consterná-lo. Solicitou à diretora que arranjasse um quarto para ele próximo à cantina.

Judit Gold, embora estivesse sentada longe da porta, sentiu alguma coisa estranha no ar. Em certo momento, ela não sabia por que, olhou em direção à entrada. E eis que a porta se abre e aparece o rabino! Judit Gold se sentiu mal de imediato, começou a suar. Tentou se concentrar na comida. Focava na colher, enquanto submergia no caldo vermelho.

A diretora caminhava na direção das três moças húngaras.

Já estava em pé ao seu lado. Judit Gold quase se enfiou no prato de sopa. A diretora sussurrou confiante:

— Chegou uma visita.

Judit Gold ergueu a cabeça de repente. Estranhou que ninguém mais ouvisse seus batimentos cardíacos, um som parecido com o badalar de sinos.

Lili se ergueu:

— Para mim?

— De Estocolmo. O rabino Kronheim. Ele gostaria de falar com a senhorita.

— Um rabino? De Estocolmo? Agora?

— Ele está com pressa. Precisa voltar no trem das duas horas.

Lili olhou por cima das cabeças, para o final do salão, onde estava Emil Kronheim. O rabino a cumprimentou com um aceno amigável.

Ao lado do barracão, havia um salão menor, que se juntava ao refeitório por meio de uma janela, no centro da parede. Antigamente talvez os pratos passassem por ali. Judit, se se esticasse um pouco, poderia vê-los. Sentia uma força irresistível puxando seu olhar para aquela janela. Viu que os dois se apresentaram, em seguida sentaram. As mãos de Judit Gold tremiam — preferiu largar a colher. Estava certa de uma coisa, que o rabino não a delataria. Não revelaria seus malfeitos. E, no entanto, não entendia por que esse desconforto torturante, essa tristeza que tinha tanto poder sobre ela.

No antigo local onde serviam a comida, o rabino pôs o relógio de bolso sobre a mesa e deu corda. Contava com o fato de que o ruído da conversa ao longe, baixo e monótono, produziria o clima necessário. Era isso que ouviam por enquanto, pois Lili também não se propôs a quebrar o silêncio. Quando o rabino Kronheim considerou que o efeito sonoro já dera resultado, sem o qual as conversas confessionais não chegam a lugar algum, envergou o corpo para a frente e olhou fundo nos olhos de Lili.

— Você perdeu Deus.

O relógio de bolso tiquetaqueava.

Lili não perguntou de onde esse desconhecido tirou a coragem para espiar sua mente. Na verdade, espantou-se com não se espantar com isso.

— Não. Foi Deus quem me perdeu.

— É indigno de sua parte se apegar a tal miudeza.

Lili deu de ombros. Lili mexia na toalha de crochê sobre a mesa.

— De qualquer modo, de onde tirou isso?

O rabino se apoiou para trás, a cadeira rangeu.

— Isso agora não importa. Eu sei. Você também tem uma cruz?

Lili corou. Como sabia? Tocou no envelope em seu bolso, no qual mantinha a cruz. Só a usara uma vez desde que saiu de Eksjö, quando entrara para falar com a diretora e lhe implorar a visita de Miklós. Não ajudou.

— Tenho. Tenho uma cruz. Ganhei. É um problema?

Kronheim entristeceu.

— Não estou exultante de felicidade.

O relógio de bolso media o tempo de modo uniforme.

— Preste atenção, Lili. Alguns de nós estamos cheios de dúvidas. Algumas menores, outras maiores. Mas isso não é motivo para virar as costas.

Lili bateu com a mão na mesa, o relógio deu um pulo como se fosse uma bola de borracha.

— O senhor estava lá? O senhor viajou conosco? Estava no vagão?

Lili sussurrava, mas as mãos estavam apertadas nos seios, o

corpo, mesmo sentado, se enrijecera. Kronheim apontou para as outras lá fora, na direção da cantina, atrás da janela.

— Não vou enganar você dizendo que isso foi uma prova. Não, não teria coragem de lhe dizer isso depois de tudo que passou. Deus perdeu você — está certo. Quer dizer, não está certo, eu também estou em litígio com ele. Brigando, zangado. Eu também não o estou perdoando. Como pôde fazer isso conosco? Com você! Com elas!

O rabino enfiou o relógio no bolso, não precisava mais dele para continuar. Levantou e a cadeira caiu. Não se incomodou com ela, caminhava, eram quatro passos de parede a parede. Pisava vertiginosamente, gesticulava com ardor.

— Não, para isso não há perdão! Eu, o rabino Emil Kronheim, digo isso a você! Mas! Mas! Mas muitos milhões de irmãos seus morreram! Mataram milhões, como gado no matadouro! Não, até com os animais são mais compadecidos do que com nossos irmãos de fé! Mas, com os diabos, esses milhões ainda nem esfriaram! Ainda não terminamos de rezar por eles! E você já nos abandona? Já nos dá as costas? Não seja injusta com Deus, ele não merece! Seja justa com os muitos milhões! Você não tem o direito de negá-los.

Judit Gold prestava atenção, lá da cantina, em como o rabino Kronheim caminhava pela sala e gritava. Que sorte ela poder estar aqui, do outro lado. Que sorte que ela tinha de apenas ouvir o zumbido do refeitório, o som metálico das colheres, o sussurro calmo das moças. É verdade que havia o problema do apetite. Nem tocara no arroz com carne que haviam trazido. Tinha asco de comer.

Meu querido Miklós! Hoje esteve aqui um rabino de Estocolmo, que fez um pequeno sermão moral a respeito da nossa conver-

*são. Não tenho a menor ideia de como foi informado sobre isso.
Será que foi o seu bispo que o introduziu no assunto?*

A carta levou meu pai a tomar medidas para apressar os acontecimentos. Decidiu que encurtaria o caminho do intrincado assunto da conversão. Procurou na lista telefônica o endereço e o telefone da paróquia mais próxima. Calculou que quanto mais insignificante o local, tanto menor a celeuma. Seria bem mais fácil convencer um padre do interior do que um bispo de cidade grande. Combinou tudo por telefone, e foi de ônibus até Gävleb.

No vilarejo, encontrou exatamente aquela igrejinha simpática, simples, de madeira com a qual contava. A luz penetrava apenas por uma janela sobre a pequena torre. O padre católico já passava dos oitenta anos e sua cabeça tremia sem parar. No dia anterior, meu pai procurara a biblioteca pública de Högbo e estava bem preparado. Seu plano correspondeu totalmente às expectativas. Quando ele disse *Congregationes religiosae* e explicou que Lili e ele, judeus, queriam unir as suas vidas nessa igreja, os olhos do velhinho se encheram de lágrimas.

— Como o senhor sabe dessas coisas?

Meu pai não passou aperto. Deu explicações com ares de importância:

— ... justamente a questão é que eu e minha noiva não queremos uma celebração, apenas uma promessa simples e temporária de compromisso com a fé católica...

As mãos do padre também tremiam. Tirou um lenço do bolso, enxugou os olhos.

— Estou tocado por seu fervor.

Meu pai tomou embalo, sua memória visual não o abandonara, foi capaz de repetir linha por linha o texto eclesiástico concernente ao rito apropriado.

— Me corrija se eu estiver errado, padre, mas entendo que essa promessa simples é unilateral, isto é, apenas os que recebem, no caso nós, eu e minha noiva, se prendem ao contrato, mas o contrato não se prende ao que o propicia. A cerimônia festiva, no entanto, é bilateral, isto é, nem o que recebe, nem o responsável pelo contrato podem desfazê-lo.

— De onde o senhor sabe tanta coisa?

— Nós estamos pensando com seriedade sobre a conversão, padre.

O velhinho foi tomado de energia, deu um salto, caminhou lépido para a sacristia, meu pai mal conseguia acompanhá-lo. O padre pegou um imenso caderno de capa dura de couro e mergulhou a pena no tinteiro. Meu pai ficou encantado que o padre usava tinta verde.

— O senhor me convenceu. Não tenho nenhuma dúvida sobre a seriedade de suas intenções. Agora preciso anotar aqui seus dados. O senhor me telefona para dizer quando sua noiva pode vir de trem de Berga. Se tivermos a hora precisa, eu os inscrevo para o batizado sem que tenham que enfrentar a fila. Só lhe direi uma coisa, Miklós: ao longo de minha atividade profissional, jamais encontrei um empenho tão comovente.

Nesse período, a correspondência entre meu pai e Lili ficou mais frequente. Havia dias em que trocavam duas cartas. Na noite de 31 de dezembro, meu pai recolheu-se ao quarto. Não conseguia aceitar a ideia de se embebedar com os amigos no refeitório da pensão. Ficou deitado, com a foto de Lili sobre o peito, e jurou que ficaria vivo. Repetiu isso inúmeras vezes a si mesmo, até que adormeceu. Quando, de madrugada, Harry e os outros vieram se arrastando até o quarto, encontraram meu pai deitado na cama completamente vestido, com lágrimas brotando dos olhos fechados, e a foto de Lili espiando embaixo de sua mão.

Minha vida, minha Lilizinha! Esse maldito Via Svecia! Encomendei o anúncio, mandei o texto certinho. Aí saiu assim, com esse erro tipográfico fatal. Mando para você com medo. Trocaram os nomes! De acordo com ele, você é que me pediu em noivado!

Em Berga, a noite de Ano-Novo começou com Lili ao piano e Sara cantando. Prepararam canções de operetas e tiveram que repetir três vezes "Hajmási Péter", uma música do folclore húngaro, tamanho o sucesso. O resto da noite foi menos animada. Uma pequena orquestra sueca de três componentes tocou, muitas dançaram, muitas outras choraram. Cada participante do jantar tinha direito a um litro de vinho tinto.

Na hora do almoço pensei em você porque tinha sopa de tomate, que você gosta muito! Meu querido docinho, amo tanto você!

No primeiro dia do novo ano, os rapazes fizeram cada um uma promessa solene. Jakobovits, desde que pudera se levantar, isto é, desde julho, em todas as refeições escondia um pedaço de pão no bolso. Sabia que aquilo era uma burrice. Que também haveria pão no dia seguinte. Mas a força do hábito é maior. Então, Pál Jakobovits, em 1º de janeiro de 1946, jurou que dali em diante não encheria mais o bolso com pão. Harry prometeu que só seduziria uma moça quando estivesse apaixonado. Litzman decidiu que emigraria para Israel. Meu pai jurou que, assim que chegasse em casa, começaria a estudar russo.

Nós, quando sonhamos, pensamos em tudo, não apenas no amor egocêntrico! Pensamos no nosso futuro juntos, trabalhando, seguindo nossa vocação, servindo a comunidade e a sociedade!

No primeiro dia do ano, de manhã, em Berga, as moças húngaras cantaram o hino nacional.

Meu querido Miklószinho, quando você vai ao dentista em Estocolmo?

Uma semana depois, meu pai tomou o ônibus para Sandviken. Há anos não fazia frio como naquele inverno. O termômetro indicava menos vinte e quatro graus centígrados. As janelas do ônibus estavam cobertas com placas de gelo — como se mãos cuidadosas tivessem embrulhado o ônibus em papel-alumínio. Meu pai foi se chacoalhando sozinho no resplendor prateado.

Na Hungria só quero trabalhar em jornal proletário. Se isso não der certo, procuro outra profissão. Dos burgueses, já chega.

Nessa mesma manhã, em Berga, Lili não queria levantar. Simplesmente não conseguia. Por volta do meio-dia, Sara e Judit Gold arrancaram-na à força da cama. Vestiram-na, como a uma boneca. Conseguiram em algum lugar um trenó, fizeram a amiga sentar nele e se revezaram puxando Lili pelo acampamento, para cima e para baixo.

Meu querido e único Miklós, nunca antes em minha vida senti uma saudade de casa tão grande. Eu daria dez anos de minha vida se pudesse voar para lá!

Meu pai ia sentado naquele ônibus enrolado em papel prateado como um pedaço de chocolate abandonado numa caixa de bombom. O motor ronronava baixinho. Esqueceu o mundo lá fora: no interior estava um calor agradável, a iluminação era paradisíaca, e o molejo o ninava. Meu pai apalpou no bolso um objeto fino e pontudo.

Enfio a mão no bolso, e um batom Mitzi 6. carmim me cai nas mãos. Comprei outro dia e esqueci de mandar. Agora, só pessoalmente. Mas antes experimentamos se é resistente a beijos, está bem?

Lili voava no trenó. Sara e Judit Gold agora seguravam juntas. Queriam consolar Lili de qualquer modo. Estavam esperançosas de que a correria naquele clima frio e limpo tivesse um efeito restaurador.

Sua carta está aqui, na minha frente, e eu já li umas vinte vezes. Cada vez que a leio, descubro coisas novas e a cada minuto fico mais louca de felicidade.
Ai, como te amo!!!!!!
Tive um sonho interessante, tão claro, como nunca antes. Chegamos em casa.
Na estação da estrada de ferro, meu pai e minha mãe me esperavam. Você não estava comigo! Eu estava sozinha!

Em seu sonho, Lili chegava à estação Oeste de trem. Havia uma multidão, mas ninguém se empurrava, ninguém estava agitado. Centenas de pessoas mantinham-se rígidas, olhando para a frente, alertas. O único movimento no sonho acontecia na plataforma coberta, aonde uma locomotiva chegava bufando em meio a uma cerimônia solene. A fumaça foi cobrindo a multidão, depois subiu ao céu, e na madrugada plúmbea uma massa de pessoas descia do trem. Todos carregavam malas pesadas. Muitas centenas os esperavam, talvez muitos milhares, sem mexer um único músculo.

Lili usava um vestido de bolinhas vermelhas e um chapéu de abas imensas. Percebeu o pai e a mãe na multidão imóvel. Começou a correr, mas não conseguia chegar nem um passo mais perto deles. Isso era realmente estranho. Corria tanto que sua boca ficou seca, era cada vez mais difícil respirar. Mas a distância permanecia. Não podiam ser mais do que dez metros. Lili via com clareza os olhos tristes e sem brilho da mãe. Felizmente, o pai ria. Abria os braços para abraçar a filhinha, mas Lili era incapaz de alcançá-lo.

A sala de raio X de Sandviken era um buraco, cabia apenas a máquina. Nesse ponto da história, meu pai já via a máquina como inimiga pessoal. Ele fora exposto a essa luz tantas vezes, pressionara tanto os ombros estreitos contra a chapa de vidro, que sentia um ódio mortal diante daquela luz piscante.

Fechava os olhos, procurava sufocar aquela náusea.

Não conseguiu desenvolver uma relação de confiança com a médica, Irene Hammarström, como tinha com Lindholm, apesar de Irene ser compreensiva, quieta e de uma beleza delicada. Olhava meu pai sempre com um ar investigativo, como se fosse desvendar naquele exato momento o segredo final.

Agora estava diante da janela, olhando o exame contra a luz. Meu pai estava entretido com sua brincadeira de sempre. Pôs todo peso do corpo nos pés de trás da cadeira e, devagar, tombou para trás. Não olhava para a médica e cada vez colocava a cadeira em posição mais instável. A médica, ainda na janela, começou a resmungar qualquer coisa.

— Mal quero crer nos meus olhos.

Meu pai chegara naquele ponto em que milésimos de milímetros são decisivos. Se calcular mal, desmorona, como um boneco de boliche.

Irene Hammarström se virou excitada, foi até sua mesa, e tirou de uma caixa uma radiografia anterior. Voltou à janela, ficou um tempo comparando as duas. Dirigiu-se ao meu pai, que empurrou um tantinho mais para trás, com um suspiro.

— Veja, essa é a chapa de junho. Nela a mancha mede cinco dedos.

A demonstração de meu pai chegara ao clímax. A cadeira já balançava em dois pés, o sapato de meu pai se distanciara do chão.

— E aqui está a de hoje. A olho nu mal se vê. Milagre. O que disse ao senhor o dr. Lindholm?

Nesse momento meu pai atingira um limite físico. Como resultado de seu treinamento, estava sentado naquela cadeira entre o céu e a terra, como o falcão no ar se preparando para mergulhar. Imóvel.

— Que tenho seis meses.

— Um pouco rigoroso, mas real. Eu não poderia ter dito diferente.

O show pessoal de meu pai prosseguia.

— O que a senhora quer dizer com isso?

— Agora fiquei indecisa. Vendo esta última radiografia.

— O que há com ela?

— Agora eu o encorajaria. Que continue assim. Como está a febre durante a noite?

O show acabou aí, embora esses últimos cinco segundos pertençam ao território dos milagres. Meu pai caiu para trás junto com a cadeira. Irene Hammarström jogou os exames e correu até lá.

— Meu Deus!

Meu pai se machucou bastante, mas arreganhava um sorriso.

— Não é nada, não é nada, apenas uma aposta que fiz comigo mesmo.

Irene Hammarström, vendo a horrenda dentadura de metal de meu pai, pensou que escreveria um pedido à central da província, quem sabe conseguiria convencê-los a doarem uma dentadura a esse simpático rapaz húngaro.

Foi um dia memorável.

Meu pai chegou à pensão, entrou no quarto onde os rapazes o esperavam em pé, em posição de sentido. Meu pai não conseguia imaginar como eles ficaram sabendo que o processo de cura começara. Mas como o rosto de cada um dos amigos brilhava de orgulho e alegria, só podia apostar nesse motivo. Sentou na cama e esperou.

Os jovens então, de boca fechada, passaram a cantarolar a "Ode à alegria", de Beethoven.

Quando o segredo da razão da celebração se tornara insuportável, quando a cantoria já chegara à *Nona sinfonia*, naquele zunzunar em coro que já atingira as alturas de um hino, quando meu pai se recostou na cama e com os olhos fechados começou a voar, Harry sacou o jornal. Sem dizer uma palavra, sustentou-o sobre a cabeça de meu pai, como um aviso.

Lá estava o poema, preto no branco. Em sueco. Na terceira página do *Via Svécia*, em itálico: *"Till em liten svensk gosse"*, "Para um menino sueco". E acima dele, o nome do poeta, meu pai.

Meu pai compunha todos os seus poemas na cabeça. Durante dias, semanas. Quando sentia que estava pronto, só precisava passar para o papel.

Esse poema, no entanto, ele terminara em dez minutos.

Sentado na espreguiçadeira do navio, lambiscando um doce, sentindo o gosto da framboesa e da baunilha. O navio apitara. Afastavam-se do porto devagar, as mulheres — a tropa de bicicleta — permaneceram em pé, olhavam o navio, nenhuma delas se mexia. Lá estava o país, à distância de um braço, o qual por pouco tempo, ou um pouco mais, o receberia. Meu pai pensara, esse doce de presente merece uma retribuição. Escreverei um dia um poema para as crianças suecas. Para prepará-las para a vida, como advertência, conselho, do que ele acumulara de sua experiência no inferno, do qual recebera a força que o levava adiante.

Enquanto girava o bolo na boca, que se desmanchava, já escandia os dois primeiros versos. "Tu ainda não sabes, irmãozinho, o que arou sulcos profundos na testa de uma região do mundo". E já via diante dos olhos o destinatário do poema, aquele menininho loiro de seis anos, em pé, com seu ursinho de brinquedo apertado contra o corpo, e que o observava espantado. O menino sueco.

Os versos vinham, anotá-los seria mais difícil que criá-los. Até que o navio tivesse feito a manobra de retorno e partido a todo vapor em direção ao mar aberto, o poema tinha nascido.

Tu ainda não sabes, irmãozinho, o que arou
Sulcos profundos na testa de uma região do mundo
Aqui, no Norte, mergulhado na luz das estrelas,
Vistes um avião em noite enluarada.

Tu não sabias o que era: som de alerta e bomba
Como são tais coisas: viver o cinema
A preocupação infantil, não foi lavada
Pela onda perversa das preocupações do mundo.

Aqui, trocavam-se roupas usadas, a carne era em bloco, um
[pão por pessoa,
Mas brincavas, de vez em quando, irmãozinho!
Teu amigo magrelo morreu entre as chamas
E a morte sorria irônica no magro pão que ele comia.

Quando cresceres, e fores um homem,
Um gigante loiro sorridente e querido
Estas lágrimas derramadas estarão esquecidas
Já serão passado, evaporando entre as nuvens.

Se relembrares esse passado sujo de sangue
Pensa numa pálida criança
Cujo brinquedo era um pedaço de granada
E as armas assassinas de seus vigias.

E se tiveres um filho, irmãozinho, ensina-o
Que a justiça não se faz com espingarda e revólver,
Que o conserto do sofrimento do mundo
Não depende do alcance do míssil.

E na loja de brinquedos, irmãozinho, não compres
Soldados ao teu filho, mas, na prateleira branca,
Escolha cubos de madeira, para desde pequeno
Em vez de matar, que aprenda a construir um novo mundo.

Harry deu batidinhas no ombro de meu pai.

— Tomei sua carreira nas mãos. Mandei para o jornal com uma permissão posterior sua. Pedi a eles que o traduzissem. Escrevi que o tradutor não poderia ser inexperiente, porque esse poema é de um grande poeta húngaro. Você. Isso aconteceu há três meses. Hoje apareceu na edição matinal! Supervisionei a tradução. Não é ruim.

Os outros ainda permaneciam em pé, eretos, e cantarolavam a "Ode à alegria". Meu pai se ergueu, abraçou Harry enquanto se concentrava para não cair no choro. Não ficaria bem a um poeta húngaro famoso.

Foi verdadeiramente um dia de virada do destino, o que se comprovou ainda antes da meia-noite.

Batiam com força na porta, um homem ao telefone procurava por meu pai. Meu pai já dormia, acordou com as batidas, durante alguns momentos não sabia onde estava. De pijama, com taquicardia, correu pelas escadas até a portaria da pensão onde ficava o telefone.

A voz desconhecida perguntou.

— Eu o acordei?

— Não faz mal.

— Me desculpe. Sou o rabino Kronheim, de Estocolmo. Eu o procuro para tratar de um assunto importante.

Meu pai estava com frio nos pés, apertou a sola de um na dobra do joelho da outra perna.

— Estou ouvindo.

— Não pelo telefone! Como pode imaginar uma coisa dessas!

— Desculpe.

— Preste atenção, Miklós. Eu, amanhã de manhã, vou de trem até Sandviken. Terei duas horas, tenho que voltar em seguida. Vamos nos encontrar no meio do caminho.

— Se desejar, vou até a cidade.

— Não, não! Faço questão de ser no meio do caminho. Östanbyn fica bom para o senhor?

Östanbyn era a primeira parada do ônibus a caminho de Sandviken. Meu pai já a vira várias vezes.

— E onde em Östanbyn?

— O senhor desce do ônibus, continua caminhando na direção de Sandviken. Na primeira esquina vire à direita e continue até chegar a uma ponte de madeira. Esperarei lá pelo senhor. Entendeu?

Meu pai balançou a cabeça espantado.

— O senhor poderia me repetir o seu nome?

— Emil Kronheim. Então amanhã de manhã, às dez horas, na ponte de madeira. Não se atrase!

O rabino desligou. Ele conduzira a conversa com tal ímpeto que meu pai só então, com o telefone na mão fazendo o som de linha desfeita, se deu conta de que sequer perguntara qual era o assunto da conversa.

No dia seguinte de manhã, meu pai desceu do ônibus em Östanbyn. Seguiu a orientação do rabino, andou um quarteirão, virou à direita. Caminhou durante vinte minutos com passos apressados até chegar à ponte.

Emil Kronheim, de sobretudo preto até o chão, estava sentado numa pedra grande, meio letárgico, do outro lado da ponte. Meu pai ficou maravilhado com o fato de que algumas pessoas ainda pudessem ficar sentadas nesse mundo gelado. De fato, ele parecia estar desfrutando um piquenique na beira de um lago.

— Como vai o mundo? — gritou o rabino, alegre, da outra extremidade da ponte.

Meu pai parou. O mundo não estava apenas bom, mas brilhante. A pergunta era qual a intenção da grotesca figura do lado de lá.

— Rabino Kronheim?

— Quem mais seria? Quem é o bispo católico que prometeu a Lili? Porque se estava pensando no bispo de Estocolmo, eu o conheço bem. É um homem adorável.

Nesse momento meu pai se lembrou da carta de Lili, da passagem em que ela fala do rabino que a procurara para fazer um discurso moral. É claro! Kronheim é aquele rabino. Começou a entender tudo. Agora ele vem me massacrar um pouco. Ah, que diabo! Não valeu a pena peregrinar até aqui por causa disso.

— Já não necessitamos mais do bispo.

— Sou capaz de apostar que o senhor encontrou outra pessoa.

A ponte de madeira passava por cima de um vale, tinha pelo menos trinta metros de comprimento. Embaixo, pinheiros centenários faziam vigia, em seus galhos nevados o silêncio permanecia congelado pela luz. Nenhuma brisa, nenhum pássaro cantava. Apenas seus gritos incomodavam a beleza majestosa da paisagem.

— Venceu, rabino. Um ótimo senhor idoso, em Gävléb. Ele vai nos batizar.

Do lado de lá da ponte, Kronheim enfiou os dedos na cabeleira que parecia de arame.

— Lili já não faz tanta questão dessa bobagem.

Meu pai decidiu que queria olhar nos olhos desse homem. Cruzou a ponte, estendeu a mão.

— A mim ela escreveu exatamente o contrário.

— O que ela escreveu?

— Que um rabino de Estocolmo lhe passou um sermão. Que não sabia de onde ele conseguira farejar nossas intenções. Alguma coisa assim.

— Essas expressões cínicas, a sua linda noiva não deve ter usado. Farejar... não sou cão de caça!

— De verdade, rabino, como ficou sabendo? Nós não conversamos com ninguém sobre isso.

Kronheim tomou meu pai pelo braço. Caminhou com ele até o meio da ponte, se apoiou no corrimão e olhou em volta.

— Você já viu um assim tão grande? Este é igual há cem anos. Há mil anos, até.

O vale lá embaixo, de fato, era assustadoramente lindo. Floresta densa de pinheiros, até onde alcançava a vista, salpicada de açúcar. Meu pai achou que havia chegado o momento de eliminar o último impedimento.

— Veja, rabino. Antes da guerra eu consideraria esse passo uma fuga. Mas, agora, é uma decisão clara e independente.

Kronheim não olhou para o meu pai. Aparentemente, ele se entregara à apreciação da natureza.

— Nada estraga esta paisagem.

Meu pai prosseguiu indiferente:

— Eu penso no futuro dos filhos que teremos. E, além disso, jamais tive fé. Sou ateísta, senhor, pode me desprezar por isso. Quero que saiba: nossa conversão não é por medo.

O rabino, como se nem ouvisse:

— Está aqui desde tempos imemoriais. Digamos, esta ponte, foi construída como um mirante. Mas de madeira! Você vê aqui algum material que não seja natural? Ferro, vidro, cobre? Não, não é mesmo, meu filho?

— É sobre isso que queria conversar comigo, rabino? Sobre a ponte de Östanbyn?

— Entre outras coisas.

Meu pai cansou daquela conversa cheia de simbolismos. De qualquer modo, se antes tinha algum sentimento de culpa, finalmente se livrara dele. Então aparece aquele pequeno homem de cabelo de arame e passa a lhe dar explicações sobre a beleza intocada desse local. Ele entendia, como não entenderia! Muitos milhares de anos, veja só! Se Lili quer se converter, então ele varrerá do caminho qualquer escrúpulo, angústia ou dúvida latente do fundo de sua alma.

Ele se curvou.

— Fico feliz, rabino Kronheim, por tê-lo conhecido. Nossa decisão é definitiva. Não há pessoa capaz de nos desviar. Adeus.

Começou a caminhar com passos ruidosos. No final da ponte olhou para trás. Emil Kronheim, como se estivesse esperando por isso: sacou uma carta do bolso do casaco e a balançou no ar.

— Eu me odeio por isso — gritou —, mas como dizem as escrituras... pode ser que as escrituras nem digam nada desse tipo. Na verdade, quero fechar um negócio sujo com você, filho.

Meu pai piscava, patético.

— Venha, veja o que é isto aqui!

O rabino revirava a carta. Fazia gestos, abanava as mãos. Meu pai, sem jeito, voltou.

— Escrevi esse requerimento, é tão comovente que ninguém termina de lê-lo com os olhos secos. Você assina, ainda hoje o levo a Estocolmo. Vou arrancar um sim deles, não tenha medo. Só imponho uma condição: eu gostaria de casá-los na sinagoga de Estocolmo. É claro que sob a chupá. As roupas, as despesas da cerimônia, uma recepção para os amigos em seguida, eu assumo as despesas todas. A Lotta, depois de tudo isso, pode lhes fazer uma gentileza. É obrigação dela fornecer um quarto separado para o jovem casal, digamos em Berga.

Meu pai olhou o papel. Estava escrito em sueco. Pelo que conseguiu entender, era um pequeno resumo habilidoso para a Cruz Vermelha, por meio da agência de Estocolmo.

— Eles não se ocupam com assuntos desse tipo.

— Como não? Ficarão orgulhosos, de peito inflado. Vão aproveitar. Mandarão os jornais publicarem artigos sobre o assunto. Afinal, é a história de duas pessoas que retornaram da morte, por intermédio deles, e que escolhem construir uma aliança para uma vida nova, apadrinhados por eles. A propósito, o que diz o médico?

— Sobre o quê?

— Sobre a tuberculose.

— O senhor sabe disso também?

— É minha obrigação saber sobre todas as pessoas. Para isso me pagam.

— Estou me curando. A cavidade está se calcificando.

— Graças a Deus.

Kronheim abraçou meu pai e cochichou no ouvido dele.

— Nosso trato está de pé?

Meu pai amoleceu. Já começara a produzir na mente a carta para Lili, na qual explicaria que uma pessoa adulta, principalmente socialista, não criaria empecilhos por questões de religião.

17.

Tudo aconteceu muito rápido. O rabino, conforme prometera, conseguiu todas as permissões com a velocidade de um raio. Não se passaram nem dois meses, Lili e meu pai se viram na sinagoga de Estocolmo, sob a chupá. Kronheim pagou pelo aluguel do vestido branco de tafetá de Lili e pelo smoking preto de meu pai. Organizou um coquetel para depois do casamento. O rei sueco, Gustáv v, enviou um telegrama entusiasmado ao acampamento, assim como ao jovem casal sobrevivente e agora jurado de eterna fidelidade pelos laços do casamento.

Meu pai, ainda antes do casamento, em fevereiro, sofreu durante semanas numa cadeira de dentista, pois Kronheim fez questão que ele trocasse a dentadura metálica por dentes de porcelana.

— Não deve ser nada agradável beijar você assim. Conversei sobre isso com as pessoas da congregação. Com um brado coletivo decidiram que juntariam o suficiente para o dentista. Em três dias, coletaram seiscentas coroas. Procurei um profissional de primeira linha, aqui está o endereço.

* * *

O rabino Emil Kronheim poderia ter esfregado as mãos de contentamento. O resultado de sua ação fora um sucesso. Porém, sob o manto da satisfação, uma visita provocou uma mancha, ainda antes da cerimônia, no começo de março.

Começou com um toque de campainha, repetido logo em seguida, impaciente. Emil Kronheim comia arenque, lia uma revista em quadrinhos americana e ria alto. Foi sua esposa quem fez a visita entrar na casa e, espantada com o estado descomposto dela, deixou a jovem desconhecida entrar na sala de casaco e com a galocha enlameada pingando. O rabino, sem sequer olhar para ela, pegou mais um pedacinho de peixe banhado no caldo salgado.

A sra. Kronheim tentou se controlar para não bater na mão dele. Ciciou:

— Visita pra você.

O rabino, perturbado, levantou-se de um salto, limpando os dedos na calça. A sra. Kronheim dessa vez não segurou um imenso suspiro:

— Sua calça! Meu Deus!

Sobre o bigodinho de Judit Gold os flocos de neve ainda não haviam derretido. Parecia uma versão feminina do Papai Noel. Kronheim lhe ofereceu lugar para sentar:

— Ó, minha diligente escritora de cartas! Diga, como posso ajudá-la, Judit?

Judit Gold sentou, nem desabotoou o casaco. A sra. Kronheim, com muito tato, se retirou para a cozinha.

— Eu vi o senhor em Berga. Obrigada por não ter me delatado.

Kronheim empurrou a travessa com peixe para a moça:

— Um pouco de arenque salgado?

— Não gosto.

— Como é que se pode não gostar de arenque? É pura vitamina. É pura vida. E por que eu a denunciaria? Sou grato à senhorita, cara Judit, me avisou no último minuto.

A neve continuava a derreter da bota de Judit Gold.

— Não, o último minuto chegou agora!

— Meu Deus, é por isso que viajou até Estocolmo?

Judit Gold agarrou a mão do rabino.

— Temos que salvar a Lili!

— Temos que salvá-la? De quem? De quê?

— Do casamento! Imagine, minha amiga quer se casar!

Kronheim gostaria de arrancar sua mão da mão de Judit, mas a moça a apertava com força.

— O amor é uma coisa ótima. O casamento sela o amor.

— Mas é um vigarista que quer se casar com ela! Um impostor!

— Ui! Isso não é brincadeira. De onde tirou essa ideia, Judit?

A sra. Kronheim entrou na sala, trazendo docinhos e chá. O rabino odiava doces.

— Coma, beba. Solte-se. Se não se incomodar, eu fico com o arenque.

Judit Gold não olhou os biscoitinhos de baunilha e o chá. Não percebeu que ali, entre os móveis enormes, uma lareira de cerâmica estava acesa e espalhava seu calor. Sequer desfez o xale que a envolvia.

— Escute-me, rabino. O senhor não sabe de tudo, por favor, me ouça. Imagine diante do senhor um homem que arranja nomes e endereços de todas as moças cuidadas pelos centros de reabilitação do governo sueco.

— Imaginei.

— Agora imagine que esse homem senta e escreve uma carta para cada uma! Consegue me acompanhar? Para todas, uma carta para cada uma!

O rabino pegou outro arenque.

— Estou vendo um homem com coração diante de mim.

— Todas as cartas são iguais! O mesmo texto meloso. Como se as cartas tivessem sido escritas com cópias de carbono. O homem vai até o correio, e põe várias cartas no correio. Está vendo diante de si, rabino?

— Ah! Isso é impossível. De onde tirou uma coisa dessas?

Judit Gold olhou para o rabino triunfante. Chegara o seu momento. Tirou da bolsa uma carta amassada e desbotada.

— Aí está! Eu também ganhei uma, faz um tempo, em setembro! Só que jamais me ocorreu responder, eu consegui enxergar o que havia por trás! Que me diz disso? Lili recebeu essa mesma carta! Eu vi, eu a li. Apenas o nome mudava. Pode pesquisar! Pode checar!

Kronheim alisou a carta, examinou-a cuidadosamente.

Querida Judit, provavelmente a senhorita já se acostumou a que se dirijam à senhorita quando a pessoa fala em húngaro — por serem eles também húngaros. Lentamente nos tornamos mal-educados. Eu, por exemplo, escrevi confiante o nome acima por sermos da mesma terra. Não sei se me conhece de Debrecen — eu, enquanto não "fui chamado" pela pátria para trabalhos forçados, trabalhei no jornal Független *— e meu pai tinha uma livraria no Palácio Episcopal.*

O rabino balançou a cabeça:

— De fato, não é uma carta comum.

Judit Gold estava prestes a chorar.

— E minha amiga quer amarrar o barco de sua vida a esse vigarista!

O rabino, com ar sonhador, acomodou um novo arenque na boca.

— O barco de sua vida... que poético. Amarrar o barco de sua vida.

Mais de cinquenta anos depois, minha mãe, nascida Lili Reich, respondendo à minha provocação sobre como tinha sido o primeiro momento, o primeiríssimo, que decidiu responder à carta de meu pai, procurou longamente entre suas memórias enterradas:

— O momento exato, não lembro. Sabe, em setembro, a ambulância me levou de Smålandsstenar para Eksjö, e eu já estava presa à cama havia duas semanas, e de repente apareceram Sara e Judit Gold. Trouxeram algumas de minhas coisas pessoais do acampamento anterior. Inclusive a carta de seu pai. Judit Gold sentou na beira de minha cama e começou a me persuadir a responder àquele pobre rapaz. Que aquele infeliz jornalista de Debrecen tinha tanta esperança de uma resposta. Depois, Sara e Judit Gold foram embora e eu fiquei na cama, me proibiram até de ir ao banheiro. Eu estava lá deitada, entediada, a carta estava lá jogada. Depois de dois ou três dias, pedi papel e lápis às enfermeiras.

Em junho de 1946, Lili e meu pai estavam na lista de pessoas que tinham intenção de voltar para a Hungria e foram colocados na relação do segundo transporte. Foram levados de avião de Estocolmo para Praga e, no mesmo dia, tomaram o trem para Budapeste.

Seguravam as mãos na cabine lotada. Meu pai, já depois de cruzar a fronteira, sorriu desculpando-se, levantou e se espremeu entre as pessoas para chegar ao banheiro minúsculo e imundo. Trancou a porta. O termômetro, em sua elegante caixa de metal, continuava em seu bolso. O trem andava em ritmo lento, com grandes solavancos, avançando na recém-reformada via férrea. Meu pai enfiou o termômetro na boca, fechou os olhos e se pendurou na maçaneta da porta. Experimentou contar junto com o estalo ritmado das rodas até cento e trinta. Na altura dos noventa e sete, abriu os olhos.

Acima da pia desbeiçada, no espelho quebrado, a imagem de um homem magro, mal barbeado, de óculos, usando um casaco grande demais o encarava com um termômetro na boca.

Aproximou-se do espelho. De agora em diante é essa a figura que sempre verá? Esse homem com olhar medroso e controlado por um termômetro?

Tomou uma decisão. Arrancou o termômetro da boca e, sem nem sequer examinar o resultado, jogou-o dentro do vaso. Em seguida fez o mesmo com a caixa de metal e, zangado, enxaguou a boca duas vezes.

Naquela noite de junho, às nove horas, uma grande multidão se aglomerou na estação, apesar de o horário de chegada desse trem não ter sido divulgado no rádio. A notícia havia se espalhado no boca a boca. A mãe de Lili, por exemplo, estava no bonde 6 quando ouviu, por acaso, uma mulher de lenço na cabeça gritar a informação no carro, na balbúrdia do fim da tarde. A filha dela também viajava para casa depois de dezenove meses fora.

O vestido de bolinhas vermelhas estava muito justo em Lili. Nos meses de outono começara a engordar. Na última vez em que se pesou, na Suécia, estava com setenta quilos e meio. Meu pai, que se despediu da Suécia com cinquenta e três quilos, estava com a calça larga.

Viajavam no último vagão. Meu pai lutou para descer do

trem com as duas malas. A mãe de Lili correu ao seu encontro, se abraçaram forte sem dizer nada por alguns minutos. Depois, a mãe dela abraçou também meu pai, que não tinha ninguém para esperá-lo, apenas seus camaradas mais tarde, mas sem grandes emoções.

A mãe de Lili ainda tinha esperança de que seu marido voltasse para casa. A verdade, porém, é que Sándor Reich, comerciante de malas, ao sair do campo de Mauthausen a caminho de casa, se enfiou num depósito de mantimentos, onde comeu linguiça defumada e toucinho. Naquela mesma noite, o levaram para o hospital. Dois dias depois, morreu com uma hemorragia no intestino.

Na estação de trem, a noite estava abafada e poeirenta. Lili, sua mãe e meu pai se olhavam emocionados, se observavam, passavam o peso do corpo de um lado para o outro no meio daquela multidão fervilhante e emocionada.

Por mais dois anos, eu apenas me preparava, ansioso, em silêncio.

Epílogo

Meu pai e minha mãe se corresponderam durante seis meses, de setembro de 1945 até fevereiro de 1946, até se casarem em Estocolmo. Eu não soube da existência dessas cartas por cinquenta anos. Depois da morte de meu pai, em 1998, minha mãe, quase como num gesto casual, estendeu-me dois maços de cartas, um amarrado com uma fita azul como a flor centáurea; e o outro, com uma fita escarlate. Seu olhar transmitia esperança e insegurança.

Naturalmente, a história de como eles se conheceram eu já sabia. Não em detalhes, apenas como anedota. "Seu pai me conquistou com suas cartas" — era assim que ela se referia àquela história distante, e em seu rosto aparecia imediatamente um trejeito engraçadinho. A Suécia também era mencionada, o clima gelado e nevoento da parte de cima do globo. A temperatura do Norte, os segredos, os estranhamentos... Como se uma mancha vergonhosa se projetasse sobre aquele início.

Mas as cartas estavam lá. Eles as carregaram durante cinquenta anos e, nesse meio-tempo, jamais as pegaram ou se referiram a nenhuma delas, simplesmente nunca as mencionaram.

Em primeiro lugar, eu teria que entender isto: essa invisibilidade preservada, esse passado trancado numa caixa elegante, que era proibido abrir.

Ao meu pai, não poderia mais fazer nenhuma pergunta, porém interrogava minha mãe, com tenacidade e refinamento. A maioria das respostas consistia num encolher de ombros: "Foi há tanto tempo. Você conhecia seu pai, sabe como ele era pudico. Queríamos esquecer".

O quê?! Por quê?! Por que deixaram se perder essa linda e acanhada paixão, tão gloriosa em seu modo atrapalhado de ser, a qual mesmo depois de meio século brilha nas entrelinhas? Se na relação de meus pais houve momentos que beiraram a separação — e por que não? Todos os casais têm os seus —, por que jamais rasgaram as fitas de seda para usar as cartas como um instrumento de defesa ou para dar nova força à relação? Ou vamos nos permitir uma pergunta mais sentimental: na relação de cinquenta anos de meus pais, não teve um minuto sequer em que o tempo tenha parado? Quando anjos atravessaram o quarto em silêncio? Quando um deles, por pura nostalgia, tivesse o desejo de desenterrar o misterioso pacote atrás dos livros para relembrar como se conheceram e rever a prova física de sua paixão?

A resposta, claro, eu sei: não houve um momento assim.

Meu pai escreveu em uma de suas cartas que um projeto de romance girava em sua cabeça. Ele pretendia invocar a viagem de trem. O título seria *A grande viagem*, aquele horror coletivo até os campos alemães, a obra que depois Jorge Semprún escreveu em vez dele.

Por que ele nunca deu início a esse projeto?

Desconfio qual seria a resposta a essa pergunta. Meu pai chegou em casa em junho de 1946, de sua família havia sobrado apenas a irmã, a casa de seus pais havia sido bombardeada, seu passado evaporara. Porém, o futuro foi como havia planejado. Foi jornalista, trabalhou em jornais de esquerda. Depois, no início dos anos 1950, um dia, ao chegar ao trabalho, encontrou sua mesa no corredor da redação.

Quando exatamente meu pai perdeu a fé, não sei. Na época do processo Rajk, sua crença já devia ter se rompido, e, em 1956, o primeiro pensamento que ocupava a mente de meu pai era a expatriação.

Eu lembro de meu pai olhando amargurado para a pilha de lençóis lavados, com seu cheiro característico impregnando a cozinha, e murmurando para minha mãe: "Você quer que de agora em diante, durante toda a minha vida, eu fique lavando roupa? É isso que você quer?".

Ficaram.

Durante o período Kádár, entre 1956 e 1988, meu pai se tornou um respeitado jornalista de política internacional. Ele fundou e foi o segundo redator-chefe no exigente *Magyarország*. O romance sobre a viagem de trem não foi escrito e ele se afastou da poesia.

Minha convicção é de que a ideia, que no início era quase como uma religião, mais tarde desapareceu com a resignação e o hábito e esfacelou o escritor. Para mim, isso prova que o talento em si é insuficiente. Também não é de todo mal se temos sorte na vida.

As cartas, porém, talvez sem que tivessem consciência disso, foram guardadas com cuidado no fundo de um armário. E é isso o que realmente importa. Preservaram-nas até que a decisão de minha mãe, com a aprovação vinda do outro mundo de meu pai, finalmente as fizessem chegar até mim.

ESTA OBRA FOI COMPOSTA EM ELECTRA PELO ESTÚDIO O.L.M./ FLAVIO PERALTA
E IMPRESSA EM OFSETE PELA PROL EDITORA GRÁFICA SOBRE PAPEL PÓLEN SOFT
DA SUZANO PAPEL E CELULOSE PARA A EDITORA SCHWARCZ EM MARÇO DE 2017

A marca FSC® é a garantia de que a madeira utilizada na fabricação do papel deste livro provém de florestas que foram gerenciadas de maneira ambientalmente correta, socialmente justa e economicamente viável, além de outras fontes de origem controlada.